国家古籍整理出版专项经费资助项目

明清小品丛书

A Series
of
Essays
in
Ming and Qing
Dynasties

归有光小品

〔明〕归有光 —— 著

彭国忠 蒋黔川 —— 注评

中州古籍出版社
·郑州·

图书在版编目(CIP)数据

归有光小品 /(明)归有光著；彭国忠，蒋黔川注评 .—郑州：中州古籍出版社，2023.12

（明清小品丛书）

ISBN 978-7-5738-1076-2

Ⅰ.①归… Ⅱ.①归…②彭…③蒋… Ⅲ.①小品文–作品集–中国–明代 Ⅳ.① I264.8

中国国家版本馆 CIP 数据核字（2023）第 228450 号

GUI YOUGUANG XIAOPIN
归有光小品

出 版 人	许绍山
选题策划	梁瑞霞 李晓丽
责任编辑	谢晓敏 李晓丽
责任校对	张 颖
美术编辑	曾晶晶
封面设计	黄桂敏

出 版 社	中州古籍出版社（地址：郑州市郑东新区祥盛街 27 号 6 层 邮编：450016 电话：0371-65788693）
发行单位	河南省新华书店发行集团有限公司
承印单位	河南瑞之光印刷股份有限公司
开 本	787 mm×1092 mm 1/32
印 张	10.75
字 数	210 千字
版 次	2023 年 12 月第 1 版
印 次	2023 年 12 月第 1 次印刷
定 价	54.00 元

本书如有印装质量问题，请联系出版社调换。

前　言

　　归有光，字熙甫，又字开甫，号震川，又号项脊生，昆山（今属江苏）人，生于正德元年十二月二十四日，西历已是1507年1月6日。民间有种说法，生在阴历年尾阳历年初的人于文学一事尤其擅长。果然，几百年的时光洗汰了不知多少英雄豪杰，而归有光的文名却愈发灿烂。王世贞在《归太仆赞并序》中称赞归有光："先生于古文辞，虽出之《史》《汉》，而大较折衷于昌黎、庐陵。当其所得，意沛如也。不事雕饰而自有风味，超然当名家矣。"明末清初黄宗羲干脆把归有光放到明文第一的位置上："议者以震川为明文第一，似矣。"清初钱谦益亦极力推崇归有光："余少壮汩没俗学，中年从嘉定二三宿儒游，邮传先生之讲论，幡然易辙，稍知向方，先生实导其前路。启、祯之交,海内望祀先生,如五纬在天,芒寒色正,其端亦自余发之。"清后期的桐城派,更是把归有光当作师法的对象,"桐城三祖"之一的姚鼐云:"文章之境,莫佳于平淡,措语遣意,有若自然生成者,此熙甫所以为文家之正传。"

虽然归有光身后以文章名世,但是他在世的时候却十分坎坷,科场频频失意。归有光早慧,七岁入小学,读《孝经》,九岁能属文,十岁作《乞醯论》千余言,十一岁慨然有志于古人,二十岁以第一名补苏州府学生员。命运之神的青睐自此戛然而止,此后他接连应试不中,一直到三十五岁时第五次参加应天乡试,终于获得第二名的成绩。其间,他在昆山结社唱和,广交朋友,还曾读书于邓尉山中,三十二岁时,入南京国子监读书。乡试得中的同年冬天,应礼部试,铩羽而归。之后便开始了卜居安亭的日子,归有光广收徒众,从学者达到数百人,名声大噪,但是科场依旧不得志。一直到六十岁时,归有光第九次参加会试,终于考中三甲进士。因为名次不高,而且年纪也已经不小,归有光被任命为长兴县令,开始了他短暂的仕宦生涯。到任后,他一方面积极捕捉盗贼,整肃治安;另一方面修建学校,改善民风。不曾想,他的一系列举措却得罪了官吏豪绅,在重重排挤和打压下,隆庆二年(1568)改任顺德府马政通判。根据明代官场的惯例,进士出身的县令迁擢,尚无担任州县副官的,所以归有光任顺德府通判实为明升暗降,对归有光是一次重大的打击。在顺德府任上,归有光过起了吏隐的日子。两年后,他得到高拱、赵贞吉的推荐,为南京太仆寺丞,留内阁制敕房,纂修《世宗实录》。归有光认为这正是自己施展才能的大好时机,便埋头于书海,谁料身体状况突然恶化,第二年正月病死于任上。终年六十六岁。

归有光所生活的明代中期,李梦阳、何景明等"前七子"与李攀龙、王世贞等"后七子"高举拟古大旗,提出"文必秦汉,诗必盛唐",以先秦两汉古文的朴质、简切,纠正当时浮泛、萎弱的文风。在倡导诗文复古的同时,他们也强调抒发真情,提出"真诗在民间",但是在拟古的创作中很容易便滑向了古奥晦涩,甚至拟古蹈袭。"唐宋派"是作为以拟古为尚的"前后七子"的对立面出现的,他们提倡宗法秦汉文风的同时兼取唐宋古文之法,创作上力避古奥佶屈,归有光被认为是唐宋派的代表。

归有光不满当时机械模拟古人的文风,在《荀子序录》中他感慨道:"悲夫,学者之于古人之书,能不惑于流俗而求自得于心者,盖少也。"那么面对古人的作品,怎样才能"自得于心"呢?归有光提倡学习古文之"神",而不模拟其"形",在《尚书别解序》中他说:"余尝谓观书,若画工之有画耳、目、口、鼻,大、小、肥、瘠,无不似者,而人见之,不以为似也,其必有得其形而不得其神者矣。余之读书也,不敢谓得其神,乃有意于以神求之云。"体会古文之"神"是他的追求,"余好古文辞,然不与世之为古文者合"。归有光以《史记》为学习的对象,《史记》虽然叙述历史,但是全书充满着司马迁的生命体验和个人情绪。归有光之文便得其神韵,在叙述平常琐事时,涌动着自己的情感,如《筼溪翁传》名为写筼溪翁,实则以老翁之长寿映衬归有光家人年寿之不永,以筼溪翁一家的其乐融融反衬归有光家庭的支离破碎,妻子儿女出门迎接拜访老翁归来的他才是此文的重点所在。《史记》擅长截取画面,以细节刻画人物,震川之文亦得此精髓,从《项脊轩志》中老妪转述归母叩门而问一事可见一斑。归有光虽然酷爱《史记》，但对《史记》有违平淡雅洁的地方也直言不讳，"余少好读司马子长书，见其感慨激烈，愤郁不平之气，勃勃不能自抑……何至如间巷小夫，一不快志，悲怨憔悴之意，动于眉眦之间哉？"正是这种化《史记》之笔于血肉之间的运用，让他得以自信地宣称"性独好《史记》，勉而为文，不《史记》若也"。

归有光散文擅以小说笔法出之，此特点清人便已察觉，姚鼐批评《项脊轩志》："小说家。不伦不类，且与前后脉络不贯。"古人破体为文往往遵循以高行卑的文体原则，即创作被认为较卑的文体时可以借鉴文体地位较高的文体，反之则不可。古代的文体观念中，散文的体位无疑高于小说，而归有光反其道行之，以小说笔法入散文，虽然招致批评，但却为拟古成风的明代文坛带来一阵清新的风气。归有光散文的小说笔法大概体现在两个方面，其一在文章中设置一些奇幻的情节，如《野鹤轩壁记》文末"烈风暴雨，崖崩石落，山鬼夜号"，顿时散去前文的春光明媚，一股凄切之气袭面而来。其二擅长刻画人物，尤其是通过细节的描摹，寥寥几笔勾勒便使人物跃然纸上，如《尚书别解序》写幼女观书"见书，辄以指循行,口作声,若甚解者",堪称神来之笔。归有光以小说之笔为文,一方面因为其所生活的时代正是小说勃兴的时代,作家自觉或不自觉地受到小说影响,在作文时便自然流露;另一方面《史记》颇具小说家色彩,归有光对《史记》的热爱和学习也使得小说家笔法渗透到他的文章中去。

归有光最为人称道的是对亲情的描写,方苞《书归震川文集后》:"至事关天属其尤善者,不俟修饰,而情辞并得,使览者恻然有隐,其气韵盖得之子长,故能取法于欧、曾而少更其形貌耳。"古人将亲属称为天属,所谓"事关天属"即关涉儿女亲情。在归有光眼中,亲情是天下至情,他有着极强的家族观念,却目睹了归氏家族逐渐分崩离析,这两者之间的巨大反差形成的悖论让他事关天属之文都蒙上了一层淡淡的阴郁。此类文章情绪虽浓,但是归有光皆出以平淡之笔,他从不热烈抒情,而是用日常生活中的点滴小事将至情编织起来,形成一张巨大的情网,让读者不自觉地陷入其中,这便是《项脊轩志》《先妣事略》等文打动无数读者的原因之一。

归有光文章中有很多应酬请托之文,方苞曾

批评道："震川之文，乡曲应酬者十六七，而又徇请者之意，袭常缀琐，虽欲大远于俗，其道无由。"方苞认为归有光的应酬之作多曲从请托者之意，不能做到远离俗言，这确实是归有光文章的缺点之一，但并不意味着震川请托应酬之文便没有好的作品。虽然请托之文往往要顺从对方意愿，甚至归有光对他所描写的对象缺乏了解，但是他时常将自己的生命体验带入到描写对象之叙述中去，将应酬之作写得真挚动人。如《为善居铭》赞扬陶震安贫自足的处世态度，同时贯穿着对现实世风日下、人心不古的不满与批判，希望人们可以向古之贤达学习，继承淳朴仁义的品性。

归有光以文章著称于世，他的诗歌较少被人关注。钱谦益对他诗歌评价颇高："其于诗，似无意求工，滔滔自运，要非流俗可及也。"归有光的诗与散文不同，以史笔实录当代大事件，成就大叙事，其诗反映倭寇入侵，关注社会问题，体现了浓厚的淑世情怀。人物形象上，他更善写帝王、贤臣，以及英雄。他的诗往往将历史、现实、想象交融一处，具有历史的深度、诗意想象的厚度及现实批判的高度。此外，他的散文、诗歌有着极强、极深、极厚的经学、史学、子学背景，而他在经、史、子三方面的修为和成就，完全被诗文掩盖了。归有光集部以外的著述颇丰，如《易经渊旨》《三吴水利录》《通鉴标题摘要》《诸子汇函》《兔园杂抄》等。

  本书以上海人民出版社《归有光全集》中的《震川先生集》为底本，选取归有光小品文七十七篇，其中记四十四篇、序十四篇、尺牍六篇、传与行状两篇、铭两篇、杂说九篇，依文体分为五卷，其中记体因篇数较多，故分为上下两卷。全书所选均为全文，不做节选，尽可能地为读者展现归有光小品文的风貌，一些文章因篇幅较长而不得不割舍。注释方面既参考前人旧注，也进行新的补充、调整，主要注出人名、地名、典故及难解的文言语词，给一些较为生僻的字加了注音，赏读部分则对文章内容略做疏解，希望能为大家品读原文提供一些参考。

目 录

卷一　记体之文（上）

见村楼记　／3

见南阁记　／7

遂初堂记　／11

寿母堂记　／17

容春堂记　／21

真义堂记　／25

自生堂记　／30

耐斋记　／33

双鹤轩记　／38

雪竹轩记　／42

栎全轩记　／46

悠然亭记　／52

卧石亭记　／55

沧浪亭记　/57

花史馆记　/61

杏花书屋记　/64

题玉女潭记　/68

见苓书舍记　/71

娄曲新居记　/74

宝界山居记　/79

南陔草堂记　/84

莪江精舍记　/90

卷二　记体之文（下）

菊窗记　/97

野鹤轩壁记　/101

保圣寺安隐堂记　/104

重修阙里庙记　/109

顾原鲁先生祠记　/116

常熟县赵段圩堤记　/121

昆山县新仓兴造记　/124

长兴县令题名记　/128

长兴县城隍神灵应记　/132

光禄署丞孟君浚河记　/137

世美堂后记　/142

重修承志堂记　/148

陶庵记　/152

畏垒亭记　/157

思子亭记　/160

项脊轩志　/165

秦国公石记　/171

梦鼎堂记　/175

顺德府通判厅记　/181

顺德府通判厅右记　/185

震川别号记　/189

家谱记　/192

卷三　序体之文

项思尧文集序　/199

雍里先生文集序　/203

五岳山人前集序　/208

戴楚望后诗集序　/213

沈次谷先生诗序　/216

草庭诗序　/220

史论序　/225

正俗编序　/230

陟台图咏序　/233

彩衣春宴图序 /236

王梅芳时义序 /240

尚书别解序 /243

群居课试录序 /246

夏怀竹字说序 /249

卷四 尺牍与传体

示徐生书 /255

与潘子实书 /258

上万侍郎书 /261

答俞质甫书 /266

与陆太常书 /270

山舍示学者 /273

先妣事略 /276

筼溪翁传 /281

卷五 铭与杂说

书斋铭 /287

为善居铭 /293

张雄字说 /298

守耕说 /301

怀竹说 /304

庄氏二子字说　／308

二子字说　／313

言解　／316

解惑　／320

瓯喻　／326

性不移说　／328

卷一 记体之文（上）

园有堂，启北牖，则马鞍山如在檐际。间植四时之花木，而户外清水绿畴如画。

见村楼记

昆山治城之隍,或云即古娄江。然娄江已湮,以隍为江,未必然也。吴淞江自太湖西来,北向若将趋入县城,未二十里,若抱若折,遂东南入于海。江之将南折也,背折而为新洋江。新洋江东数里,有地名罗巷村,亡友李中丞先世居此①,因自号为罗村云。中丞游宦二十余年。幼子延实,产于江右南昌之官廨。其后每迁官,辄随。历东兖、汴、楚之境②,自岱岳、嵩山、匡庐、衡山、潇湘、洞庭之渚③,延实无不识也。独于罗巷村者,生平犹昧之。

中丞既谢世,延实卜居县城之东南门内金潼港。有楼翼然④,出于城闉之上⑤。前俯隍水,遥望三面,皆吴淞江之野。塘浦纵横,田塍如画⑥,而村墟远近映带。延实日焚香洒扫读书其中,而名其楼曰见村。余间过之,延实为具饭。念昔与中丞游,时时至其故宅所谓南楼者,相与饮酒论文。忽忽二纪,不意遂已隔世。今独对其幼子饭,悲怅者久之。城外有桥,余常与中丞出郭造故人方思曾⑦,时其不在,相与凭槛,常至暮,怅然而反。今两人者皆亡。而延实之楼,即方氏之故庐,予能无感乎?中丞自幼携策入城,往来省墓⑧,及岁时出郊嬉游,经行术径⑨,皆可指也。

孔子少不知父葬处,有挽父之母,知而告之。⑩予可以为挽父之母乎?延实既能不忘其先人,依然水木之思⑪,肃然桑梓之怀⑫,怆然霜露之感矣⑬。自古大臣子孙,茕孤而自树者,史传中多其人。延实在勉之而已。

【注释】

①李中丞:即李宪卿(1506~1562),明苏州府昆山人,字廉甫。嘉靖十七年(1538)进士。累官左副都御史总督湖广川贵采办大木。

②东兖:即今山东,李宪卿曾经担任山东按察司副使。汴:河南开封的别称。楚:指今湖北、湖南地区。

③岱岳:即泰山,在今山东。嵩山:在今河南。匡庐:即庐山,在今江西。衡山:在今湖南。潇湘:潇水与湘水的合称,皆在今湖南境内。洞庭:即洞庭湖,在今湖南。

④翼然:鸟展翅貌,形容山石或亭台等高耸开张的样子。

⑤城闉(yīn):城内重门。亦泛指城郭。

⑥田塍（chéng）：田间的土埂子。

⑦方思曾：即方元儒，后更名钦儒，字思曾，昆山人。

⑧省墓：祭扫坟墓。

⑨经行：经术和品行。术径：大道与小路，亦泛指道路。

⑩"孔子少不知父葬处"三句：典出《史记·孔子世家》："丘生而叔梁纥死，葬于防山。防山在鲁东，由是孔子疑其父墓处，母讳之也。孔子为儿嬉戏，常陈俎豆，设礼容。孔子母死，乃殡五父之衢，盖其慎也。陬人挽父之母诲孔子父墓，然后往合葬于防焉。"挽父，出殡时牵引灵柩的人。

⑪水木之思：指不忘本。因为水有源，树有根。

⑫桑梓：指故乡。语出《诗经·小雅·小弁》："维桑与梓，必恭敬止。"

⑬霜露之感：指对父母或祖先的怀念。语出《礼记·祭义》："霜露既降，君子履之，必有凄怆之心，非其寒之谓也。"

【赏读】

见村楼的主人李延实是李宪卿的第五个儿子，已进学为秀才。归有光与李宪卿关系很好，本文即是为见村楼作记。

归有光记叙见村楼不直接从主景入手，而是从大环境写起,寥寥几语,犹如白描便将罗巷村的地理位置和周遭环境勾勒出来。同时也就为下文李延实的居所环境做了铺垫,所谓"塘浦纵横,田塍如画,而村墟远近映带",也正是因为这样的位置才得以有如此好景,所以此楼名为"见村楼",也就名副其实了。

对于见村楼及其周围环境的描写固然必要,而此文更为吸引人的是归有光面对亡友之子油然而生的睹物思人之感。回忆起往昔,归有光时常到李宪卿的南楼,共同饮酒论文,好不惬意;又时常共同出城访友,至暮而返。人生中能有这样一位挚友实是幸事,奈何岁月倏忽,故人离去,而空留此庐、此路,让生者不禁潸然泪下。所以此时此刻,归有光面对亡友之子,同坐一席用餐,由不得怀念起往昔快乐的时光。字里行间,皆是一片真情。

孔子尚且有人告知其父亲安葬之处,面对亡友的儿子,归有光更是怀有这样一份善意,希望能够将李宪卿更多的事情告知与他,劝勉其不忘先人,时常保有一颗孝与敬之心。

见南阁记

嘉靖十九年①,余为南京贡士②,登张文隐公之门③。其后十年,沔州陈先生为文隐公所取进士④。余为公所知,公时时向人道之,先生繇是知余⑤,而无从得而相见也。其后十五年,先生以山西按察副使罢⑥,家居。久之而余始与先生之子文烛玉叔同举进士。在内庭遥见,相呼问姓名,甚欢。知先生家庭父子间道余也。因与之往来论文,益相契。间属余记其所居见南阁者。

先生家在云梦间⑦,而沔、汉二水绕之⑧。先生于其居为花圃,中为小阁,沔之胜可眺也。盖取陶靖节"悠然见南山"之语以为名。每与玉叔读书论道之暇,携之登阁远览。而沔去江南诸峰绝远,实无所见,姑以寄其悠然之意而已。

一日,天新雨,清净无云,与玉叔凭栏,忽见诸峰涌出,楼观层叠,峥嵘靓丽,久之而后散,而实非江南诸山也。余闻登州有海市⑨。而往岁华亭海上⑩,从金山忽见海市⑪,前此盖所未闻。而史称卫州城既徙⑫,而故时城堞楼橹浮图之影⑬,皆于日中见之,神理变幻不可知。夫海旁蜃气象楼台,广野气象宫阙,云气各象其山川,殆有是耶?⑭登州海市出于春夏,而东坡以岁晚祷海神,一日而见之,赋诗以自喜云:"重楼翠阜出霜晓,异事惊倒百岁翁。"又云:"潮阳太守南海归,喜见石廪堆祝融。"⑮今之所见,又非海市石廪比也。先生父子,必能赋之。

余于陈氏,两世师门之谊,又重以玉叔之请,且又因以自通于先生,而为之记云。

【注释】

①嘉靖十九年:即公元1540年。是年归有光三十五岁,举应天乡试第二名。

②贡士:唐宋以后称由各地学校升入京师国子监学习及赴殿试者为贡士。

③张文隐公:即张治(1488~1550),明湖广茶陵(今湖南茶陵)人,字文邦,号龙湖。官至南京吏部尚书,入为文渊阁大学士,进太子太保。对人态度平易,喜奖掖士类。有《龙湖文集》。

④沔州:明洪武三年(1370)改属汉中府。洪武七年(1374)改为沔县。

⑤繇是:于是。繇,通"由"。

⑥按察副使：明朝及清初各省按察司之副长官。

⑦云梦：大致包括整个江汉平原及东、西、北三面的部分丘陵山峦。

⑧沔、汉二水：《水经注》解释说：北源出自今陕西留坝县西，一名沮水者为沔水；西源出自今陕西宁强县北者为汉水。两水合流后通称沔水或汉水。

⑨登州：在山东境内，地处山东半岛。海市：大气因光折射而形成的反映地面物体的形象。称蜃气。

⑩华亭：古地名。又名华亭谷。在今上海市松江区西。

⑪金山：在今上海金山区东南海中，有大、小金山二岛。

⑫卫州：古代州名，在今河南北部，包括今新乡、鹤壁等地。因地处春秋古卫国，故名卫州，治所长期在汲县（今河南卫辉），历代稍有变更。

⑬城堞（dié）：城上的矮墙。楼橹：古代军中用以瞭望、攻守的无顶盖的高台，建于地面或车、船之上。浮图：指佛塔。

⑭"夫海旁蜃气象楼台"四句：语出《史记·天官书》："故北夷之气如群畜穹闾，南夷之气类舟船幡旗。大水处，败军场，破国之虚，下有积钱，金宝之上，皆有气，不可不察。海旁蜃气象楼台；广野气成宫阙然。云气各象其山川人民所聚积。"

⑮"重楼翠阜出霜晓"四句：语出苏轼《登州海市》。重楼，层楼。翠阜，碧绿的山丘。霜晓，有霜的早晨。潮

阳，区名，在广东汕头西南部。《元和郡县志》："以在大海之北，故曰潮阳也。"石廪，山峰名，衡山五峰之一，因形似仓廪而得名。祝融，峰名，衡山的最高峰。据《路史》云，祝融葬衡山之阳，是以名之。

【赏读】

陶渊明《饮酒》（其五）"采菊东篱下，悠然见南山"。这种远离俗世的恬淡悠然深深吸引着中国文人，本文的陈文烛也是如此，以"悠然见南山"中"见南"二字作为阁名，既见文烛居家之清静，又上追陶渊明悠然之情致。

本篇记文，归有光从与陈氏的渊源谈起，追忆往昔与陈氏一家如何结缘，又是如何与陈文烛相识相知，引为知己的。其次便是介绍见南阁的地理位置和周边环境，既有上追古人之意，又在当下切实寄托自己的悠然之情。

而此阁最为神奇之处，便在于登楼远眺，偶然能够看到海市蜃楼这一人间奇景，归有光在此详细地记述了所见所感，"诸峰涌出，楼观层叠，峥嵘靓丽"，这种连续的四字词既增强了文章的气势，同时又如同徐徐展开的画卷，将这一神奇景象展现在读者眼前。为了印证自己所言非虚，又征引前代故实，登州海市变幻莫测，常出于春夏之间，苏轼亦有记录，见于《登州海市》，所谓"异事惊倒百岁翁"，确实神奇。

遂初堂记

宋尤文简公尝爱孙兴公《遂初赋》①，而以遂初名其堂，崇陵书扁赐之②，在今无锡九龙山之下③。公十四世孙质，字叔野，求其遗址而莫知所在。自以其意规度于山之阳④，为新堂，仍以遂初为扁。以书来求余记之。

按兴公尝隐会稽⑤，放浪山水，有高尚之志，故为此赋。其后涉历世涂，违其夙好，为桓温所讥。⑥文简公历仕三朝⑦，受知人主，至老而不得去。而以遂初为况，若有不相当者。昔伊尹、傅说、吕望之徒⑧，起于胥靡耕钓⑨，以辅相商、周之主，终其身，无复隐处之思。古之志得道行者，固如此也。惟召公告老⑩，而周公留之曰⑪："汝明勖偶王，在亶乘兹大命，惟文王德，丕承无疆之恤。"⑫当时君臣之际可知矣。后之君子，非复昔人之遭会，而义不容于不仕。及其已至贵显，或未必尽其用，而势不能以遽去。然其中之所谓介然者⑬，终不肯随世俗而移易。虽三公之位，万钟之禄，固其心不能一日安也。则其高世遐举之志⑭，宜其时见于言语文字之间，而有不能自已者。当宋皇祐、治平之时⑮，欧阳公位登两府⑯，际遇不为不隆矣。今读其思颍之诗⑰，归田之录⑱，而知公之不安其位也。况南渡之后，虽孝宗之英毅⑲，光宗之总揽⑳，远不能望盛宋之治。而崇陵末年，疾病恍惚，宫闱戚畹㉑，干预朝政，时事有不可胜道者矣。虽然，二公之言，已行于朝廷，当世之人主，不可谓不知之，而终不能默默以自安。盖君子之志如此。

公殁至今四百年，而叔野能修复其旧，遗构宛然。无锡，南方士大夫入都孔道㉒，过之者登其堂，犹或能想见公之仪刑。而读余之言，其亦不能无慨于中也已。

【注释】

①尤文简公：即尤袤（1127~1194），南宋无锡人，字延之，号遂初居士，取孙绰《遂初赋》意，建有"遂初堂"于九龙山下，藏书三万余卷。作《遂初堂书目》，为我国最早版本目录著作之一。谥文简。孙兴公：即孙绰（314~371），字兴公，西晋文学家孙楚之孙。博学善属文，著有《遂初赋》《游天台山赋》等。

②崇陵：宋光宗赵惇（1147~1200）陵墓永崇陵的简称，在此指代宋光宗。

③九龙山：即慧山，又名惠山、斗龙山。即今江苏无锡西郊惠山，以西域僧慧照曾居此而得名。

④山之阳：山朝南的一面。《汉书·郊祀志上》："从阴道下。"唐颜师古注："山南曰阳，山北曰阴。"

⑤会稽：山名。在今浙江绍兴东南。相传夏禹大会诸侯于此计功，故名。

⑥"为桓温所讥"及以上数句：典出《晋书·孙楚列传》："桓温见绰表，不悦，曰：'致意兴公，何不寻君《遂初赋》，知人家国事邪！'"桓温（312~373），东晋谯国龙亢（今安徽怀远西北）人，字元子。桓彝长子。拜驸马都尉。出任琅邪太守。穆帝永和初任荆州刺史。都督荆、司等四州诸军事。

⑦历仕三朝：尤袤曾任南宋高宗、孝宗、光宗三朝官员。

⑧伊尹：商代人，名伊，一说名挚，受汤赏识，举用，佐商灭夏，综理国事。傅说：商代人，武丁时大臣，传说为傅岩筑墙之奴隶，武丁梦得圣人，名曰说，求于野，乃于傅岩得之，举以为相，国大治。吕望：即吕尚，或作姜尚，西周齐国始祖，吕氏，名望，字尚父，一说字子牙。家贫，钓于渭滨，文王遇之，与语，大悦曰："吾太公望子久矣。"故称太公望，俗称姜太公。

⑨胥靡：古代服劳役的奴隶或刑徒。耕钓：相传商伊尹未仕时耕于莘野，周吕尚未仕时钓于渭水，后常喻隐居

不仕。

⑩召公：或作邵公、召康公，西周初人。姬姓，名奭。初受采邑于召。佐武王灭纣，支持周公东征，以功封于北燕，为燕国始祖，谥康。

⑪周公：或作周公旦。西周王族。姬姓，名旦，亦称叔旦。周文王子，武王弟。采邑在周。佐武王伐纣灭商。武王卒，成王幼，周公摄政。

⑫"汝明勖偶王"四句：语出《尚书·君奭》。丕承，很好地继承，旧时帝王承天受命，常曰"丕承"。

⑬介然：坚正不移。

⑭高世：出尘离世，清高脱俗。遐举：高飞，喻高洁的举动。

⑮皇祐：宋仁宗赵祯的年号，1049～1054年。治平：宋英宗赵曙的年号，1064～1067年。

⑯欧阳公：即欧阳修（1007～1072），字永叔，号醉翁、六一居士。吉州吉水（今属江西）人。北宋政治家、文学家。博学多能，有志于史学、文学。位登两府：指欧阳修在枢密院、中书省担任职务。

⑰思颍之诗：欧阳修在皇祐元年、二年，常在诗中描述思念颍州（治今安徽阜阳）之意，有隐退之念。

⑱归田之录：治平四年，欧阳修写成《归田录》，流露政治上的失意与愤慨。

⑲孝宗：即赵昚（1127～1194），宋太祖赵匡胤七世孙、

宋高宗赵构嗣子。锐志恢复,起用张浚,追复岳飞。

⑳光宗:即赵惇(1147~1200),宋朝第十二位皇帝,宋孝宗赵昚第三子,与金通好。

㉑官闱:后妃居处。戚畹(wǎn):帝王外戚聚居的地方,借指外戚。

㉒孔道:通往某处必经的关口。

【赏读】

《晋书·孙绰传》中载,孙绰"少与高阳许询俱有高尚之志。居于会稽,游放山水,十有余年,乃作《遂初赋》以致其意"。遂初,意即遂其初愿,后因"赋遂初"谓去官隐居。

本篇是归有光为宋代尤袤后人尤质所筑遂初堂所作的记文,是以追念先人遂初之愿,又借以自勉。当年孙绰隐居于会稽山之时,放浪于山水之间,怀有高尚之志,这正是遂其初愿,至于其后落入尘网,以致被桓温讥讽,则是违背了初愿。文简公任官三朝而不去,却以遂初作为追求,不乏矛盾,但是也可以从中看到历来文人心中出世入世的纠结。

《论语·泰伯》中载:"天下有道则见,无道则隐。邦有道,贫且贱焉,耻也;邦无道,富且贵焉,耻也。"古之贤人如伊尹、傅说之流,他们辅佐帝王终身而无隐匿之志,则是天下有道,他们坚持的志向都能在当时得到伸张,这是一类。后世君子,虽有至于显贵,但又未能尽其所能,于其内外都不能心安,这是文人心中的节操。也正如欧阳修虽然位登两府,但因道不行,始终不免于诗文之中,透露出遂初之愿。

尤袤后人复原遂初堂,大抵一为纪念先人,更为重要的,还是时刻警勉自己及后来之人,认真考量这"文行出处"的问题。

寿母堂记

正德间①,吾崑山许登仕能孝养其母。其母赵孺人者②,年九十,因名其堂曰"寿母"。黄博士应龙为记。登仕之孙,今吏科右给事中子云③,在京师迎养太孺人于邸第,而寿母之堂,其扁已撤。于是给事之子汝愚,仍其旧名,请予复为之记,且以致之京师云。

惟许氏世居县之马鞍山阳娄江上④,有田园租入之饶,而以衣冠世其家⑤。尝延乡先生沈通理为师。时叶文庄公与张宪副节之兄弟皆未第,往来其家。自洪武至今,其故居无改。而此堂之建,计亦在始初卜宅之时。盖吾县虽二百年无兵火,而故家旧族,鲜有能常厥居者。如许氏,盖不多见矣。堂之名特以时易,今又且再,而皆以寿母。则今之太孺人,复当如前者之寿考期颐⑥。而给事虽不及登仕君耕田畜牧,朝夕游嬉,不出门闾之外,然身在日月之际,而无失晨昏之礼⑦,母子之乐,不减前人,此尤世之所难得者。

昔晋献文子成室⑧,张老颂之⑨,君子以为善颂祷⑩。而《斯干》之诗⑪,为新宫赋也。其词称兄弟之好,与生男女之祥,而其盛及于室家君王。然未有言及其母者。独《閟宫》之诗云⑫:"天锡公纯嘏,眉寿保鲁","鲁侯燕喜,令妻寿母。"⑬是诗之颂侈矣。而不忘寿母。鲁之为礼义之国固如此。

夫相宅作室,实家国子孙盛衰隆替之所系。今许氏之堂,奉百年之母者再世,可谓盛且久矣。而以"寿母"为名,则张老、《斯干》之祝,盖有所根柢,是宜书之以告吾乡之人也。

【注释】

①正德:明武宗朱厚照的年号,1506~1521年。

②孺人:明清为七品官的母亲或妻子的封号。亦通用为对母亲或妻子的尊称。

③子云:即许子云,名从龙,昆山人。嘉靖三十二年(1553)春,与有光等四人同行,北上应试,二人于是订交。

④马鞍山:位于今江苏昆山西北部,因形状如马鞍,俗称马鞍山。

⑤衣冠:借指文明礼教。

⑥寿考:寿数,寿命。期颐:一百岁,语出《礼记·曲礼上》:"百年曰期颐。"

⑦晨昏之礼:旧时指服侍双亲的日常礼节。

⑧献文子：晋国正卿赵武，谥献文，也简称文子。

⑨张老：春秋晋大夫张孟的别称。献文子筑室成，张老因其华侈，歌以讽之。

⑩君子以为善颂祷：典出《礼记·檀弓下》："晋献文子成室。晋大夫发焉。张老曰：'美哉轮焉，美哉奂焉！歌于斯，哭于斯，聚国族于斯。'文子曰：'武也得歌于斯，哭于斯，聚国族于斯，是全要领以从先大夫于九京也。'北面再拜稽首。君子谓之善颂善祷。"

⑪《斯干》：《诗经·小雅》篇名。小序谓是周宣王建筑宫室落成时的祝颂歌辞，后人用为"俭宫室"之典。

⑫《閟（bì）官》：《诗经·鲁颂》篇名。

⑬"天锡公纯嘏"四句：语出《诗经·鲁颂·閟官》："天锡公纯嘏，眉寿保鲁。居常与许，复周公之宇。鲁侯燕喜，令妻寿母。宜大夫庶士，邦国是有。既多受祉，黄发儿齿。"纯嘏（gǔ），大福。眉寿，长寿。燕喜，宴饮喜乐。令妻，谓德行美善的妻子。寿母，长寿的母亲；对老母的尊称。

【赏读】

儒家《孝经·开宗明义》曰："身体发肤，受之父母，不敢毁伤，孝之始也；立身行道，扬名于后世，以显父母，孝之终也。夫孝，始于事亲，中于事君，终于立身。"孝自古以来就是中华儿女的重要品质，对于父母的孝顺与敬重深深植根于子女心中，本篇《寿母堂记》也正是这种孝道的反映。

昆山许登仕因母亲年九十而将其堂名为寿母堂，其后许登仕之曾孙许汝愚又承袭先辈传统，勤心奉养父母，仍然沿袭寿母堂这一名字，并嘱托归有光作记以记之。这种在家族中代代传承的孝道令人称赞，归有光在记中也对此盛赞，并觉得应该传播于同乡之人，将这种美好的品性传承下去。

所谓孝道，每个人的表达方式都有所不同，根据个人的家庭境况而异。或是身在乡野，或是立于雕梁，然晨昏慰问之礼节不变。许汝愚的经济状况不及其先祖，然母子之乐，却是丝毫不少于前人，这确实是难得的事情。

容春堂记

兵溪先生为令清漳之上，与监郡者不合①，例得移官，即拂衣以归②。占园田于县之西小虞浦，去县治二里所。盖自太湖东，吴淞江蜿蜒入海，江之南北，散为诸浦如百足，而小虞浦最近县。乘舟往来，一日可数十回。园有堂，启北牖，则马鞍山如在檐际。间植四时之花木，而户外清水绿畴如画。故先生名其堂曰容春。自谓春于天地之间，虽阴山雪岭，幽崖寒谷，无所不之，而独若此堂可以容之者。诚以四时之景物，山水之名胜，必于宽闲寂寞之地；而金马玉堂③，紫扉黄阁，不能兼而有也。

昔孔子与其门人，讲道于沂水之滨。当春之时，相与鼓瑟而歌，悠然自适。④天下之乐，无以易于此。夫子使二三子言志，乃皆舍目前之近，而驰心于冠冕佩玉之间⑤。曾点独能当此时而道此景⑥，故夫子喟然叹之。盖以春者众人之所同，而能知之者惟点也。陶渊明《归去来辞》云⑦："木欣欣以向荣，泉涓涓而始流。善万物之得时，感吾生之行休。"渊明可以语此矣。先生属余为堂记，因遂书之。

余之曾大父，与兵溪之考思南公，成化甲午⑧，同举于乡。是岁王文恪公为举首⑨。而曾大父终城武令⑩，思南公至郡太守。余与兵溪同年生，而兵溪先举于乡者九年。庚戌岁⑪，同试南宫。兵溪就官广平，甫三载，已倦游，而余至今犹系六馆之籍。故为此记，非独以两家世契，与兵溪相知之厚，而于人生出处之际，盖有感云。

【注释】

①监郡：监察郡县，亦指监察郡县之官。

②拂衣：振衣而去，谓归隐。

③金马玉堂：金马门与玉堂署。金马门，汉时学士待诏之地；玉堂署，汉时有玉堂署，宋以后翰林院亦称玉堂。

④"昔孔子与其门人"以下数句：典出《论语·先进》："（曾点）曰：'莫春者，春服既成，冠者五六人，童子六七人，浴乎沂，风乎舞雩，咏而归。'夫子喟然叹曰：'吾与点也！'"

⑤冠冕：古代帝王、官员所带的帽子。佩玉：古代系于衣带用作装饰的玉。二者借指朝堂百官。

⑥曾点：春秋时鲁国南武城人，字皙。孔子弟子。曾参之父。

⑦《归去来辞》：即《归去来兮辞》，是东晋文学家陶渊明创作的抒情小赋，也是一篇脱离仕途回归田园的宣言。

⑧成化甲午：即成化十年（1474）。成化，明宪宗朱见深年号，1465~1487年。

⑨王文恪公：即王鏊（1450~1524），明苏州府吴县（今江苏苏州）人，字济之。博学有识鉴，经学通明，制行修谨，文章修洁。有《姑苏志》《震泽集》《震泽长语》等。举首：被荐举者中居首位的；科举考试的第一名。

⑩城武：旧县名。在山东西南部。明由成武县改称。

⑪庚戌：即嘉靖二十九年（1550）。

【赏读】

陶渊明《归去来兮辞》："富贵非吾愿，帝乡不可期。怀良辰以孤往，或植杖而耘耔。登东皋以舒啸，临清流而赋诗。聊乘化以归尽，乐夫天命复奚疑！"这样的心境和愿望放在故人兵溪先生身上再合适不过。

兵溪先生辞官归隐田园，园虽临近县城，却因水利之便又自得一分清净，园中四时花木不绝，而户外则是清山秀水，颇有"一水护田将绿绕，两山排闼送青来"的景致，此堂名曰容春，可谓恰如其分。再者于四时而言，唯有春来万物复苏，世间万物无不浸润在春光之中，有容乃大，故而容春亦反映主人之气度不凡。

出自于《论语》当中的经典讨论，曾点"浴乎沂，风乎舞雩,咏而归"的言论,才是大好春日的注脚,奈何世人多追名逐利而往往忽视了身边的景致,兵溪先生能够于这样一个"世外桃源"寻得宁静,也是令归有光高兴的事情,虽总不免有远离官场的落寞,但此情此景又未尝不是一种好的境遇。

真义堂记

昆山治之西，有地名真义。其水曰真义浦，其里曰真义村。太湖之水，绕郡城娄门东出，经昆山入海。自昔湖瀼相连，茫然巨浸，疑古之所谓三江、五湖，或有在于此者。其后通漕筑塘，水迹之非其故久矣。真义在今所谓致和塘上，今之塘，盖即古之江也。其浦则自巴城湖南来，并其村之东，而南入于塘。巴城以西，有包湖、傀儡荡、鳗鲡湖。诸湖相灌输，或束或放，乍大乍小，而阳城湖最大。从西北望之，水与天际，真泽国也。

世传梁天监时^①，于此置信义县。向后人失传，遂以"信"为"真"。或谓天监所置即真义，以"真"为"信"，盖为宋昭陵讳也^②。前元时，其地为金粟道人所居^③，极一时园池台榭之盛。四方名士，如张翥、柯九思、杨维祯、李孝光^④，皆馆于其家，号为玉山佳处。予尝访其遗址，求所谓碧梧、翠竹、蓬莱、百花之坊馆，不可得而见，未尝不慨想其人；又叹其高标绝俗⑤，如冥冥飞鸿⑥，而犹不免自掊击于世俗也⑦。

予之外高祖太常卿夏公，尝求顾氏之处，买田筑室焉。然公自居城中，岁时一至而已。最后魏氏复盛于此，其田庐童仆，未知与往时顾仲瑛何如也？而余从舅恭简公，讲明河洛之学⑧，海内之士，往往来聚星溪之上⑨。吾舅光禄典簿东溪先生⑩，能将顺其兄之志，以慈孝恺悌称于乡里⑪。故真义虽村落小聚，而名闻四方。

嘉靖甲辰⑫，舅氏分析诸子，而仲子潜甫筑新居于故宅之南，而名其堂曰真义。舅父母尝往来过诸子家，就其养。未几，二亲继谢。寻以倭奴侵掠内地⑬，时湖上烟火不绝，独潜甫之堂无毁。于是尚僦居城中⑭，欲俟寇平，将还其旧。而旦暮西顾，未能忘也，因求予作堂记。予故详其里居，以补图志之所未载，又为称述其里中故事，著魏氏之所以兴。

潜甫游太学，屡试不第。然其为人循礼法，能守恭简公之家教。二子方学进士业，不日有腾骞之望。潜甫年甫四十有六，而二孙皆已胜衣⑮，能趋拜。可知其后之繁衍昌大，而吾外舅厚德之报未有涯也。

【注释】

①天监：梁武帝萧衍的年号，502～519年。

②宋昭陵：北宋仁宗皇帝赵祯葬永昭陵，宋人以昭陵作为仁宗的代称。

③金粟道人：即顾瑛（1310~1369），元代文学家。一名阿瑛，又名德辉，字仲瑛，号金粟道人，昆山（今属江苏）人。

④张翥（1287~1368）：元代文学家。原籍晋宁襄陵（今山西襄汾西北）人，徙居杭州。字仲举，号蜕庵。豪放不羁，好蹴鞠，喜音乐。柯九思（1290~1343）：元台州仙居（今属浙江）人，字敬仲，号丹丘生。博学能文，善楷书，工画墨竹，能以书法为之。杨维桢（1296~1370）：字廉夫，号铁崖、东维子。元文学家、书法家。李孝光：元温州乐清（今浙江乐清）人，字季和，号五峰。少博学，笃志复古，隐居雁荡山五峰下，从学者众。

⑤高标：比喻高深的造诣。绝俗：超出尘俗，远离世俗。

⑥冥冥飞鸿：大雁飞向远空。语出汉扬雄《法言·问明》："鸿飞冥冥，弋人何篡焉？"冥冥，遥空。

⑦掊（pǒu）击：打击，抨击。

⑧河洛之学：从事研究河洛理论知识，河图洛书是阴阳五行术数之源，在《尚书》《易传》中多有记述。

⑨星溪：玉山（江苏昆山市玉山镇）的重要河流之一。

⑩光禄典簿：光禄寺典簿厅典簿的省称。明清时光禄寺置典簿厅，明制有典簿二人，录事一人。

⑪恺悌：亦作"恺弟"。和乐平易。

⑫嘉靖甲辰：即嘉靖二十三年，1544年。

⑬倭奴：对倭寇、日本侵略者的蔑称。

⑭僦（jiù）居：租屋而居。

⑮胜衣：谓儿童稍长，能穿起成人的衣服。

【赏读】

本文是归有光为表兄濬甫新居真义堂所作，详细介绍了真义堂的地理环境、历史渊源及现实境况，比较全面地勾勒了归有光舅家的情况，是一篇偏向于纪实性的文章。

文章以真义作为记录的起点，从此地铺陈开去，述及真义周边的环境：水路交错，真可谓泽国。又回溯历史，怀想此地曾经"湖瀼相连，茫然巨浸"的情景，在开篇便为读者在空间上做了一个定位。

接着是对真义的人文环境进行了追溯，元代时是顾瑛所居，极尽园池台榭之盛丽，当时如张翥等诸多名士都来此居住，所谓"玉山佳处"，成为历来人们极力追往的胜境，吴克恭在《玉山草堂·序》中云："结茅以代瓦，俭不至陋，华不逾侈。散植墅梅幽篁于其侧，寒英夏阴，无不佳者以其合于岩，栖谷隐之制，故云草堂。"这样史上留名的好景致，归有光也曾探寻其遗址，却发现顾瑛在《玉山名胜集》所列的二十八处景点,而今都不可得见,归有光不禁慨叹:这等高标绝俗之人之景,却也终究逃不过世俗流年。

接着归有光将视角转回到舅氏家中,从舅舅讲授河洛之学,到舅舅以慈孝恺悌在乡中颇有口碑,故而真义虽小,却也因之而远近闻名。而今先辈相继谢世,后人依然能够不忘根本,继续守护这片家族所兴之地,子孙繁衍昌大,也算是不愧对祖先了。

自生堂记

予友盛徵伯^①,与余少相善。而吴纯甫先生与予为忘年友^②,徵伯游其门,与顾给事伯刚等辈四五人,尤为同学相好。数十年间,纯甫既谢世,诸公相继登科第,徵伯独连蹇不遇^③。为人亢直负气^④,不肯少干于人,用是日以贫困。去岁,倭夷犯昆山,徵伯家在东南门,所藏诰命,及先礼部篇籍之遗,悉毁于兵,屋庐荡然。予既力不足以振之,独伯刚笃故人之义,馆之齐门之内^⑤,所以赈恤之甚厚。

始,礼部官留都,无事,喜方书。徵伯少皆诵习,年长多病,方益精。其女婿郑生,传薛氏带下医,擅名于时。徵伯兼得其书,故于医学博通。尝授徒海上,方数里之内,无病死者。徵伯不为药剂,但书方与之。其人辄愈,来谢。予家有病者,徵伯辄疗之。或病而徵伯不在,多死。今年徵伯居齐门,所疗甚众。一妇人已死,徵伯为汤灌之,便觉身动,能举手至胸。须臾,病良愈。郡人皆以为神。徵伯亦喜自负,曰:"吾不复授徒矣,将以是行于世。"因诵扁鹊之语云⑥:"越人非能生死人也。此自当生者,越人能起之耳。"⑦遂以自生名其堂。

予一日过郡城,徵伯语以其故。嗟夫!越人之言,吾少时与徵伯相戏,谓治天下者当如是耳。予是时年少放诞,慨然以古皋夔自命⑧,徵伯复时时诵古文词,称说纯甫之言,今皆穷老无所遇。余方驰骛不止;徵伯乃能于读书之暇,用其术以活人。此余之所叹也。遂书之以为其堂记。

【注释】

①盛徵伯:明中叶昆山县城人。少读儒书,与归有光为同学,久困科举。

②吴纯甫先生:归有光友人。

③连蹇(jiǎn):行走艰难的样子,引申为遭遇坎坷。不遇:不得志,不被赏识。

④亢直:刚强正直。负气:凭恃意气,不肯屈居人下。

⑤齐门:又名望齐门。即今江苏苏州旧城东北门。

⑥扁鹊:姓秦,名越人,战国时名医。学医于长桑君,医道精湛,擅长各科。在赵为妇科,至周为五官科,入秦为儿科,名闻天下。

⑦"越人非能生死人也"三句:语出《史记·扁鹊仓公

列传》。

⑧皋夔:皋陶和夔的并称。传说皋陶是虞舜时刑官,夔是虞舜时乐官。后常借指贤臣。

【赏读】

"自生"取自"此自当生者,越人能起之耳",扁鹊的能力不在于让死人复生,而在于使那些本来能够生存下来的却濒临死亡的人好起来,这是扁鹊的自谦之语,同时也能够反映出扁鹊医术之高明。盛徵伯以"自生"二字作为堂名,既有追缅前辈的意思,同时也是对自己的砥砺,当然其中还夹杂自负医术高明的心思。

盛徵伯是归有光的老友,所以归有光对其尤为了解。徵伯一生命途多舛,除了仕途不顺以外,又遭兵乱,房屋家当均毁于战乱,可谓祸不单行。然天无绝人之路,仕途虽屡屡受挫,但徵伯在医术方面却是天赋异禀,经验老道,救活将死妇人更是给徵伯的医术蒙上了一层神秘的面纱,归有光一家也多受其照顾。

年岁增长,虽直至穷困衰老仍未得到重用,但盛徵伯在读书之余,能够凭借医术救活百姓,也是人生价值的一种实现,这正是归有光所赞叹的。

耐斋记

万安刘先生①,来教昆山学。学有三先生②,而先生所居称东斋。先是,两斋之衙,皆在讲堂东偏,近乃徙之西,颇为深远清闳③。先生至,则扁其居曰耐斋。

予尝访先生于斋中,于时秋风飒然,黄叶满庭,户外无履迹。独一卒衣皂衣④,承迎左右,为进茗浆。因坐语久之。先生曰:"吾为是官,秩卑而禄微,月费廪米三石⑤,具馆粥⑥,养妻子,常不给,为耐贫;上官行县⑦,吾于职事无所辖,往往率诸生郊迎,至则随令、丞、簿拜趋唯诺⑧,为耐辱;久任之法不行⑨,官无崇卑,率以期月迁徙速化⑩,而吾官常不迁,为耐久,有是三耐,吾是以名吾斋。"予既别去,一日,使弟子沈孝来求斋记。

昔孟子论士不为道,至于为贫而仕,惟抱关击柝为宜。⑪夫舍学者之职业而为抱关击柝,盖亦有甚不得已者矣。惟近代学官,与书院山长之设⑫,以待夫士之有道而不任职者。盖为贫与为道兼行而不悖，此其法足以优天下之学士，为特愈于前世也。故当时号博士官为清高⑬。虽然，求为清高，而其间容有不能耐者。夫使其不能耐，则虽博士官不可为矣；使其能耐，如孟子所谓抱关击柝可也。扬雄有言，非夷齐而是柳下惠。首阳为拙，柱下为工。⑭士之立身，各有所处。夫使其能耐，虽至于大臣宰相可也。因书其说，使孝归而质之先生云。

【注释】

①万安刘先生：即刘天孚，号耐斋，万安（今属江西）人，嘉靖二十年（1541）贡生，选任昆山县学训导，嘉靖四十二年（1563）任湖南湘乡知县。

②学有三先生：《明史·选举一》："府设教授，州设学正，县设教谕，各一。俱设训导，府四，州三，县二。"这里昆山为县学，故有教谕一人，训导二人。

③清闷（bì）：清静幽邃。

④衣皂衣：穿着黑色的衣服，借指下吏。

⑤廪（lǐn）米：指官府按月发给生员的粮食。

⑥饘（zhān）粥：稠粥。

⑦行县：谓巡行所主之县。

⑧令：县令，即知县，一县的最高行政长官。丞：县丞，为知县的副职。簿：主簿，县中主管文书簿籍的官吏。拜趋：

谓周旋侍奉于尊长左右。唯诺:形容卑恭顺从。

⑨久任之法:指明代官员的久任法,即按期调任、升迁官吏的规定。至嘉靖,朝廷正式将久任立为一法,但受大礼议事件及严嵩专权的冲击,此期官员久任呈现出有法可依而执法不严的怪象。

⑩期月:一整年。《论语·子路》:"子曰:'苟有用我者,期月而已可也,三年有成。'"邢昺疏注释道:"期月,周月也,谓周一年之十二月也。"速化:谓快速入仕做官。

⑪"至于为贫而仕"两句:典出《孟子·万章下》:"孟子曰:'仕非为贫也,而有时乎为贫;娶妻非为养也,而有时乎为养。为贫者,辞尊居卑,辞富居贫。辞尊居卑,辞富居贫,恶乎宜乎?抱关击柝。'"意即:做官不是因为贫穷,但有时候也因为贫穷。娶妻不是为着孝养父母,但有时候也为着孝养父母。因为贫穷而做官的,便该拒绝高官,居于卑位;拒绝厚禄,只受薄俸。那居于什么位置才合宜呢?只有像守门打更的小吏才行。抱关击柝(tuò):泛指卑微的工作。抱关,守关。击柝,打更巡夜。

⑫书院山长:唐、五代时对山居讲学者的敬称;宋元时为官立书院置山长,讲学兼领院务;明清时改由地方聘请。

⑬博士:明代国子监中设五经博士,这里指县学中的学官。

⑭"扬雄有言"四句:语出《扬子云集·渊骞篇》:"非夷齐而是柳下惠,戒其子以上容:'首阳为拙,柱下为工;饱

食安步，以仕易农；侬隐玩世，诡时不逢。'"扬雄：西汉文学家，字子云，蜀郡成都（今属四川）人。汉成帝时为给事黄门郎。王莽称帝后，任大夫。早年以辞赋闻名，有《甘泉赋》《长杨赋》等名篇。夷、齐：伯夷和叔齐的并称。商末孤竹君之二子。相传其父遗命要立次子叔齐为继承人。孤竹君死后，叔齐让位给伯夷，伯夷不受，叔齐也不愿登位，先后都逃到周国。周武王伐纣，二人叩马谏阻。武王灭商后，他们耻食周粟，采薇而食，饿死于首阳山。柳下惠：春秋鲁大夫展获，字季，又字禽，曾为士师，食邑柳下，谥惠，故称其为展禽、柳下季、柳士师、柳下惠等。以柳下惠之名最为著称。相传他与一女子共坐一夜，不曾淫乱。后用以借指有操行的男子。首阳：山名。一称雷首山，相传为伯夷、叔齐采薇隐居处。柱下：周秦置柱下史，后因以为御史的代称。相传老子曾为周柱下史。

【赏读】

耐贫、耐辱、耐久，是为三耐，故而刘先生将其斋名之曰"耐斋"。《孟子·万章下》："为贫者，辞尊居卑，辞富居贫。"归有光在文中以传统儒家思想为根本，就刘先生所言三耐立论，引经据典，阐发了"士之立身"的原则，这是本文讨论的核心问题。

文章层次分明，逻辑清晰，先介绍刘先生的来历，再就"三耐"进行诠释，最后是关于士人立身处世的讨论。孟子认为，因为贫穷而做官的，便应该拒绝高官，居于卑位，拒绝厚禄，只接受薄俸，而什么样的位置才适合呢？像是守门打更的职务就行。但是舍弃学者的职务来做这样的事情，又实在是不得已的。所以近代学官的设置就能很好地解决为贫与为道之间的矛盾，让有学问而又居于穷困的人能得以安顿。

《孟子·万章下》第一章中就谈到"伯夷，圣之清者也；伊尹，圣之任者也；柳下惠，圣之和者也；孔子，圣之时者也。"孟子认为伯夷是圣人之中清高的人，伊尹是圣人之中负责的人，柳下惠是圣人之中随和的人，孔子则是圣人之中识时务的人。故而归有光在本篇文章当中有"士之立身，各有所处"的结论。这也是在一定程度上对刘先生的处境表示理解和同情，同时以先代贤者为例，也有对刘先生的鼓励与劝勉之意。

双鹤轩记

余往年游金陵,识张氏诸贤于鸡鸣山①。余鄙率,知称人之字,不知张君之号为鹤洲也。余家去华亭一舍②,往往识其贤士大夫于数千里之外,而居家未尝相往来。岂九峰、三泖能隔绝人如此耶③?故人陆宗道来,致张君之意,求记所谓双鹤轩者。

华亭故产鹤,土人于海上捕取养之④。上海下沙有鹤巢村⑤,所产鹤号为仙品。故秀州之地与水⑥,多以鹤名。而张君初自号鹤洲。一夕梦东坡先生语之云:"子名鹤洲,不如双鹤之祥。"其意若望张氏当踵前世科名显于世者。东坡尝称鹤之为物,清远闲放,超然于尘垢之外,诗人以比贤人君子隐德之士。⑦而梦中之意,乃若为张氏切切于世俗之荣名者。坡公以文字变幻,要不可测度。如为王氏《三槐堂铭》,谓:"修德于身,责报于天,取必于数年之后,如持左券交手相付。"⑧则其于今之"双鹤"云者,亦必有说矣。恨不得从张君亲质之。

初,君之考举进士,至都宪⑨。而君以太学上舍,屡试不第,选调陕西都司幕官,未几,投劾归⑩。今其子孙,彬彬然邦家之秀,鹤梦之符,庶其在是!抑张君乃能感坡公于梦寐之间,亦岂易得者?公尝云:"延州来季子、张子房,皆不死者也。"⑪愚于公亦云。

【注释】

①鸡鸣山:今江苏南京解放门内鸡鸣山。因山东麓建有鸡鸣寺,故名。

②一舍:古以三十里为一舍。

③九峰:在今上海市松江区西北平畴绿野间,屹立着一群小山丘,其中厍(shè)公山、凤凰山、薛山、佘山、辰山、天马山、机山、横云山、小昆山,有"松郡九峰"之称。三泖(mǎo):即泖湖。在今上海市松江区西。有上、中、下三泖。上承淀山湖,下流合黄浦入海。今多淤积为田。

④土人:世代居住在本地的人。

⑤下沙:今属上海市浦东新区。

⑥秀州:州名,治嘉兴(今属浙江)。辖境相当今浙江杭州湾以北(海宁市除外)、桐乡市以东与上海市吴淞江以南地区。

⑦"东坡尝称鹤之为物"四句:语出苏轼《放鹤亭记》:"盖其为物,清远闲放,超然于尘垢之外,故《易》《诗》

人以比贤人君子、隐德之士,狎而玩之,宜若有益而无损者。"隐德,施德于人而不为人所知。

⑧"修德于身"四句:语出苏轼《三槐堂铭》。左券,古代契约分为左右两片,左片称左券,由债权人收执,是索取还款的凭证。

⑨都宪:明都察院、都御史的别称。

⑩投劾:呈递弹劾自己的状文,是古代弃官的一种方式。

⑪"公尝云"三句:语出苏轼《延州来季子赞(并引)》。季子,即季札(前576~前484),姬姓,名札,姑苏(今江苏苏州)人。史称延陵季子、延州来季子。季札品德高尚,远见卓识。三次让国,广交贤士。张子房,即张良(?~前190或前189),字子房,相传为城父(今河南襄城西南)人。秦末汉初杰出谋臣,西汉开国功臣,政治家,与韩信、萧何并称"汉初三杰"。不死者,指季札、张良都能在宦海浮沉中得以保全,独善其身。

【赏读】

西晋文学家、书法家陆机,出身吴郡陆氏,在临刑前悲叹:"欲闻华亭鹤唳,可复得乎?"可见,华亭此地出产白鹤已有悠久的历史并且具有深刻的文化内涵。《周易》有言:"鸣鹤在阴,其子和之。"《诗经·小雅·鹤鸣》中载有:"鹤鸣于九皋,声闻于野","鹤鸣于九皋,声闻于天"。苏轼谈及,鹤这种东西,清净深远,幽闲放达,超脱世俗之外。

张君号鹤洲,又因梦东坡而改号为双鹤,既是对于鹤这一精神意象的传承,同时"双鹤"又含张君接续前代功名以显于当世的愿望。不过矛盾的是,张君认为东坡语双鹤,其意在望张君能够承袭前世的功名而显名于世。而苏轼曾经说过,"(鹤)盖其为物,清远闲放,超然于尘垢之外",这与急切于世俗荣名的张君所为是相悖的。所以对于"双鹤"这一说的解释,归有光是存疑的。

虽然鹤的超凡脱俗并未在张君身上实现,但其子孙后代,皆是文质彬彬的国家栋梁,这就好比苏轼在《三槐堂铭》中所言"取必于数十年之后,如持左券,交手相付"。东坡的文字变换果然是不可轻易揣测的,而天道的灵验也必然是真的。

雪竹轩记^①

冯山人为予言^②："吾甚爱雪竹，故人以雪竹呼吾。因以名吾轩，请子记之。"予不暇以为，而山人求之数岁，或以诗，或以书，日月一至。予以山人所以得于雪竹者，山人自知之，岂有假于予之言？是以旷岁而不答也。

山人少喜为诗，诗出而上海陆文裕公亟称之^③。先是，山人居昆山之安亭。及予来安亭，则山人已迁上海界中，与安亭隔一江。予尝过永怀寺，爱其古桂，坐久之。问寺中所往来者，僧曰："地僻，绝无人。惟有冯山人时时过江来，独吟桂树之下。"予后数见之于张通参之座^④。通参与湖州刘尚书为社会^⑤，二公皆称山人为笃实君子。

去年，山人年老矣，与通参游匡庐、武夷^⑥，还而示予纪游诗一编。予戏曰："冯先生之雪竹，必求之匡庐、武夷间耶？"今年，予买田青浦之嵩塘。山人与予书曰："吾近卜筑盘龙，与嵩塘近，子来观我雪竹。"

予性懒，不能谒青浦令，为其所怒，所买田几为夺去。予亦削迹兹土矣⑦。

山人复遣其子来，曰："吾前告子雪竹轩，复移盘龙也，吾年老于此。子许我记，几年不能得。今吾旦暮死，惟欲得子一言，是吾心也。"予问山人起居。其子曰："去年与通参行郡中，老人目不能了了，道间有古井，无石栏，不觉越过之，几坠。自此不复出。每自叹曰：'匡庐、武夷，不可复至矣，雪竹，则何所无之？'"其子去，又数数书来。会予方北上，思欲一造山人之竹所而不能矣。因书之以告别，且使揭之楣间，为《雪竹轩记》云。

【注释】

①雪竹：一种干节上有浓厚白粉的竹子。

②冯山人：即冯淮，字会东，号雪竹，昆山（今属江苏）人。平生以耕读为生，好吟咏，喜登临，是一位乐天知命的读书人。山人，古人对隐居不出仕的读书人的称呼，也常作为学者士人的雅号。

③陆文裕公：即陆深（1477～1544），明松江上海（治今上海市黄浦区旧城厢）人，初名荣，字子渊，号俨山。嘉靖中，官至詹事府詹事。卒谥文裕。有《俨山集》《俨山续集》《俨山外集》。亟称：极尽赞扬。

④张通参：即张寰（1486～1561），明苏州府昆山（今属江苏）人，字允清，号石川。张和从子。正德十六年（1521）进士。授济宁知州，官至通政司右参议。有《两山游录》。

⑤湖州刘尚书：即刘麟（1474～1561），字元瑞。勤学能文，与顾璘、徐祯卿并称"江东三才子"。社会：由志趣相同者结合而成的组织或团体。

⑥匡庐：指今江西的庐山，相传殷周之际有匡俗兄弟七人结庐于此，故称。武夷：即武夷山，位于今江西与福建西北部两省交界处。

【赏读】

归有光声名远播，四方之人皆以得其文为幸，本篇记文因为各种阴差阳错，时隔多年才成文，其间种种都有详细的交代，读来甚是有趣。

雪竹象征高洁，冯山人作为隐士以雪竹命名其轩，自然是用其表明其高洁的心志，归有光认为冯山人本身已经对雪竹有很深的感情和领会，所以自己也不便为之作记，故而未曾答应此事。其后归有光于永怀寺赏桂，知冯山人亦时来玩赏，可见二人还是颇有心灵相通之处。再来是归有光买田青浦，与冯山人临近，但又因为没有和县令沟通好，故而失去与冯山人比邻而居的机会。最后是归有光北上，则更没有机会去到冯山人的雪竹轩拜访了。

事经辗转而终为此文,过程实在曲折,而冯山人行将就木却仍对归有光的记文念念不忘,也可见归有光在当时的影响力之大。

栎全轩记^①

余峰先生隐居安亭江上^②，于其居之北，构屋三楹，扁之曰栎全轩。君为人坦夷，任性自适，不为周防于人。意之所至，人或不谓为然，君亦不以屑意。以故人无贵贱，皆乐与之处。然亦用是不谐于世。君年二十余，举进士，居郎署。不十年，为两司^③。是时两司官，惟君最少。君又施施然不肯承迎人。人有倾之者，竟以是罢去。

会予亦来安亭江上，所居隔一水，时与君会。君不喜饮酒，然会即谈论竟日，或至夜分不去。即至他所，亦然。其与人无畛域，欢然而情意常有余如此也。君好山水。为郎时，奉使荆湖，日登黄鹤楼，赋诗饮酒。其在东藩^④，谒孔林，登岱宗，观沧海日出之处。及归，则慕陶岘之为人^⑤，扁舟五湖间。人或访君，君常不在家。去岁如越，泛西湖，过钱塘江，登子陵钓台^⑥，游齐云岩^⑦，将陟黄山，历九华^⑧，兴尽而返。

一日，邀予坐轩中，剧论世事。自言："少登朝著，官资视同时诸人，颇为凌躐⑨。一旦见绌，意亦不自释，回首当时事，今十余年矣。处静以观动，居逸以窥劳，而后知今之为得也。天下之人，孰不自谓为才，故用之而不知止。夫惟不知其止，是以至于穷。汉党锢、唐白马之祸⑩，骈首就戮者⑪，何可胜数也？二十四友、八司马、十六子之徒⑫，夫孰非一世之才也？李斯用秦，机云入洛⑬，一时呼吸风雷，华曜日月，天下奔走而慕艳之。事移时易，求牵黄犬出上蔡东门⑭，听华亭之鹤唳⑮，岂可得哉？则庄生所谓不才终其天年⑯，信达生之至论⑰，而吾之所托焉者也。"予闻而叹息，以为知道之言。虽然，才与不才岂有常也？世所用梗梓豫章也⑱，则梗梓豫章才，而栎不才矣；世所用栎也，则栎才，而梗梓豫章不才矣。君固清庙明堂之所取⑲，而匠石之所睥睨也。而为栎社⑳，君其有以自幸也夫！其亦可慨也夫！

【注释】

①栎(lì)全：典出《庄子·内篇·人间世》："（栎社）是不材之木也，无所可用，故能若是之寿。"取栎社因其不材而得以保全之意。

②余峰先生：即张意，字诚之，号余峰，昆山人。

③两司：明清两代对布政使司和按察使司的合称。

④东藩:东方州郡的泛称。

⑤陶岘:唐人,晋陶潜后裔。有文学,疏脱不谋宦达,自号"麋鹿野人",吴越之士称其为水仙。浪迹三十余年,归老于家。

⑥子陵钓台:即严子陵钓台,位于今浙江桐庐富春山麓,因东汉严子陵隐居于此得名。

⑦齐云岩:在今安徽休宁的齐云山中,高三千余尺,一山突起,如屏倚天,有宋人程泌所题"云岩"二字。

⑧九华:山名,在今安徽青阳。因有九峰如莲花,故改为今名。

⑨凌躐(liè):超越,超出寻常。

⑩汉党锢:即汉代党锢之祸,汉桓帝、灵帝之际,诸常侍(宦官)专权。东汉末年,部分士大夫因反对宦官专政而被罢官禁锢,甚至被株连杀害,史称党锢之祸。唐白马:即唐代白马之祸,唐天祐时,梁王朱全忠想任用他宠爱的张廷范为太常卿,宰相裴枢以为不可,梁王怒。宰相柳璨迎合梁王旨意,借故贬裴枢、独孤损等人。不久后,朱全忠又将被贬官的三十余人赐死于白马驿,将尸体投到河里。

⑪骈(pián)首就戮:一并被杀。骈首,头靠着头,并排。

⑫二十四友:指晋惠帝时以文才而屈节出入于秘书监贾谧之门的石崇、欧阳建、陆机、陆云、刘琨、左思、潘岳等二十四人。八司马:唐顺宗即位,擢任王叔文、王伾等,谋

夺中官兵权，实行改革。失败后，旧派官僚与宦官对参与其事者皆予斥逐：贬韦执谊为崖州司马，韩泰为虔州司马，陈谏为台州司马，柳宗元为永州司马，刘禹锡为朗州司马，韩晔为饶州司马，凌准为连州司马，程异为郴州司马，时称"八司马"。十六子：唐穆宗时宰相李逢吉所结党羽。

⑬机云：晋陆机、陆云两兄弟的并称。

⑭求牵黄犬出上蔡东门：典出《史记·李斯列传》："斯出狱，与其中子俱执，顾谓其中子曰：'吾欲与若复牵黄犬俱出上蔡东门逐狡兔，岂可得乎？'"后以"东门黄犬"作为官遭祸，抽身悔迟之典。亦作"东门逐兔"。

⑮听华亭之鹤唳：典出《世说新语·尤悔》："陆平原河桥败，为卢志所谗，被诛，临刑叹曰：'欲闻华亭鹤唳，可复得乎？'"后以此为悲叹不知及早隐退而受谗言、慨叹平生的典故。

⑯不才终其天年：典出《庄子·外篇·山木》：庄子曰："此木以不材得终其天午夫！"

⑰达生：语出《庄子·外篇·达生》："达生之情者，不务生之所无以为。"后因以"达生"指参透人生、不受世事牵累的处世态度。

⑱楩梓豫章：二者均比喻栋梁之材。楩梓，黄楩树与梓树，两种高大的乔木。豫章，枕木与樟木的并称。

⑲清庙：即太庙。古代帝王的宗庙。明堂：古代帝王宣明政教的地方。凡朝会、祭祀、庆赏、选士、养老、教学等

大典，都在此举行。

⑳栎社：作为神社象征的栎树。典出《庄子·内篇·人间世》："匠石之齐，至乎曲辕，见栎社树。其大蔽牛，絜之百围，其高临山，十仞而后有枝，其可以为舟者旁十数。"

【赏读】

"才与不才"之辩是全文讨论的重点，本篇文章前半部分对余峰先生的生平喜好进行叙述，后半部分着重进行议论，结构清晰。

余峰先生性爱山水，为人任性自适，与人相交往也不存在隔阂，故而其能够与各类人相处，但另一方面于官场中又难以得到一方的支持。相较于归有光而言，余峰先生绝对是官运亨通，二十举进士，其后又为两司，且年纪最小，无不令旁人艳羡，这也多少让余峰先生多了几分傲气，也为日后官场的不顺埋下了伏笔。不过余峰先生一生终究是潇洒的，游历全国，遍访名山胜迹，而后兴尽而返，这是多少文人所求而不得的经历。

然而回顾一生，人情冷暖，世事易变，才悟得"才与不才"，终是一个无常的问题。就好比当世道需要楩梓豫章这类木材，那么它们就是属于可用之才，栎木则不才，反之亦然。故而思及《庄子·外篇·山木》中的寓言故事，弟子问"昨日山中之木，以不材得终其天年；

今主人之雁，以不材死；先生将何处?"庄子回答："周将处夫材与不材之间。材与不材之间，似之而非也，故未免乎累。若夫乘道德而浮游则不然。"庄子的意思是自己将处于"材"和"不材"之间。但"材"和"不材"之间，看起来似乎是妥当的位置，但其实不然，这样还是不能免于祸患。若是顺其自然而处世，就不是这样了。所以归有光说"而为栎社，君其有以自幸也夫"，这多少也是对友人的宽慰。

悠然亭记

余外家世居吴淞江南千墩浦上。表兄淀山公^①,自田野登朝,宦游二十余年,归始僦居县城。嘉靖三十年^②,定卜于马鞍山之阳、娄水之阴。忆余少时尝在外家,盖去县三十里,遥望山颓然如积灰,而烟云杳霭,在有无之间。今公于此山日亲,高楼曲槛,几席户牖常见之。又于屋后构小园,作亭其中,取靖节"悠然见南山"之语以为名。靖节之诗,类非晋、宋雕绘者之所为。而悠然之意,每见于言外,不独一时之所适。而中无留滞,见天壤间物,何往而不自得?余尝以为悠然者实与道俱,谓靖节不知道,不可也。

公负杰特有为之才,所至官,多着声绩,而为妒媚者所不容^③。然至今朝廷论人才有用者,必推公。公殆未能以忘于世,而公之所以自忘者如此。

靖节世远,吾无从而问也。吾将从公问所以悠然者。夫"山气日夕佳,飞鸟相与还,此中有真意,欲辨已忘言",靖节不得而言之,公乌得而言之哉?公行天下,尝登泰山,览邹峄④,历嵩少间⑤,涉两海,入闽、越之隩阻⑥,兹山何啻泰山之礨石?顾所以悠然者,特寄于此!庄子云:"旧国旧都,望之畅然。虽使丘陵草木之缗,入之者十九,犹之畅然。况见见闻闻者也?"⑦予获侍斯亭,而僭为之记。

【注释】

①淀山公:即周大礼,字子和,别号淀山,嘉靖十一年(1532)进士,历官兴化知府、河南参政。

②嘉靖三十年:即1551年。嘉靖,明世宗朱厚熜的年号,1522~1566年。

③妒媢:妒忌。

④邹:周代诸侯国名,在今山东邹城东南。峄:山名,在今山东邹城东南。亦称"邹山"。

⑤嵩少:嵩山与少室山的并称。

⑥隩(yù)阻:深险难行之地。隩,河岸弯曲的地方。

⑦"旧国旧都"五句:语出《庄子·杂篇·则阳》。缗入之者十九,喻掩蔽了十分之九。见见闻闻,指亲身见到闻到本来的面目。

【赏读】

陶渊明《饮酒》(其五):"采菊东篱下,悠然见南山。"悠然而俱道,成为后世文人所向往的一种生活境界。归有光的表兄亦如是，所构屋舍亭台，高楼曲槛，能得见远山，故而"悠然见南山"之语也就并非想象了。

淀山公曾游历天下名山大川，眼界广博，然而人事流转，兜兜转转一圈回来，眼前之山之景，又何异于别处呢？故而这悠然之情，特寄寓于此山此地之中。归有光所引庄子之语，其意亦同于此。自己的祖国和故乡，看到心里就觉得舒畅。即便是丘陵草木杂芜，掩蔽了十分之九，仍然觉得畅然，何况是亲身目睹到其本来面目。

但另一方面，也应当看到，归有光表兄因为受官场嫉妒者所排挤，纵淀山公为国家栋梁之才，政绩卓越，终为人所不容而只能悠悠归隐。这种不甘的心情，企望追怀陶渊明悠然之心境来得到排遣，也是能够理解的，归有光也在文中表达了对表兄政绩的肯定与遭遇的同情。

卧石亭记

余闻四十年前,大末之人有来为吾县者①,曰方棠陵先生。棠陵,海内之士,游何、李诸人间,以诗文名。其为县令,风流文雅,有惠爱于人,至今人思之。

嘉靖某年,徐君以选贡,自大学上舍调为县主簿,则大末之人也。君一见而问棠陵,庶几吾民其有望耶?君构亭于斋之隙,扁以卧石,曰:"吾少时丧吾亲,尝庐墓②,墓在浮石山。今宦游于此,虽吴、越比壤,杳然松楸在千里之外③。风木之感④,不能顷刻忘之。是以名吾亭。"余考图志,西安之北,有石丈余,水大至不没。白乐天诗云:"浮石湾前停五马,望涛楼上得双鱼。"⑤君所卧,岂此石耶?君今参与民社之事,不得复卧石矣。

抑仁人孝子之心,一也。古之仁人,杀一草一木为非孝;今吾民之疲瘵已甚,内有赋役之重,外有蛮夷之扰,君皆有事焉。能推其仁心,是所谓一举足而不敢忘父母也,其棠陵之乡之人也耶!是以为之记。

【注释】

①大末：古县名。大，又作太。春秋姑蔑之地，秦置县，治今浙江龙游。属会稽郡。

②庐墓：古人于父母或师长死后，服丧期间在墓旁搭盖小屋居住，守护坟墓，谓之庐墓。

③松楸（qiū）：松树与楸树。墓地多植，因以代称坟墓。此处特指父母坟茔。

④风木：比喻父母亡故，不及奉养。

⑤"浮石湾前停五马"两句：语出白居易《岁暮枉衢州张使君书并诗，因以长句报之》。

【赏读】

仁人孝子的赤诚之心，自古以来都是一样的。这篇文章是归有光为县主簿徐君所作，记录其为政之德与孝思。

归有光所在县的两任县令长官都来自于大末，虽为巧合，但二人惠爱于人、心系百姓的仁德是一脉相承的。徐君因思念父母而铭石自记，这种离家宦游不能守在父母坟茔身边的风木之情，只能以此种方式来弥补。而这种缅怀之情，又注入到徐君的工作当中，无论是对内的赋役之事，还是对外的蛮夷侵扰，徐君都要亲自参与处理，推及其仁心善举，是令乡人认可的，同时也是令归有光赞叹的，故而为之作记。

沧浪亭记①

浮图文瑛②，居大云庵，环水，即苏子美沧浪亭之地也③。亟求余作沧浪亭记，曰："昔子美之记，记亭之胜也。请子记吾所以为亭者。"

余曰：昔吴、越有国时，广陵王镇吴中④，治南园于子城之西南⑤。其外戚孙承佑⑥，亦治园于其偏。迨淮、海纳土，此园不废。苏子美始建沧浪亭，最后禅者居之。此沧浪亭为大云庵也。有庵以来二百年，文瑛寻古遗事，复子美之构于荒残灭没之余，此大云庵为沧浪亭也。夫古今之变，朝市政易。尝登姑苏之台⑦，望五湖之渺茫，群山之苍翠，太伯、虞仲之所建⑧，阖闾、夫差之所争⑨，子胥、种、蠡之所经营⑩，今皆无有矣。庵与亭何为者哉？虽然，钱镠因乱攘窃⑪，保有吴、越，国富兵强，垂及四世。诸子姻戚，乘时奢僭⑫，宫馆苑囿，极一时之盛。而子美之亭，乃为释子所钦重如此。可以见士之欲垂名于千载之后，不与其澌然而俱尽者，则有在矣。

文瑛读书喜诗,与吾徒游,呼之为沧浪僧云。

【注释】

①沧浪亭:在今江苏苏州城南三元坊附近,为江南现存历史最久的古园林之一。

②浮图:梵语音译,对佛或佛教徒的称呼,也指和尚。

③苏子美:即苏舜钦(1008~1049),字子美,号沧浪翁。

④广陵王:钱元璙(887~942),字德辉,杭州钱塘(今浙江杭州)人,五代时吴越国建立者钱镠的第六子。

⑤南园:故址在今江苏苏州城内,旧府学旁。北宋朱长文《吴郡图经续记》卷上:"南园之兴,自广陵王元璙帅中吴,好治林园。于是酾流以为沼,积土以为山,岛屿峰峦,出于巧思,求致异木,名品甚多,比及积岁,皆为合抱。"子城:大城所属的小城,即内城及附郭的瓮城或月城。

⑥孙承佑:钱塘人,吴越王钱俶纳其姊为妃,任节度使,镇守苏州,在苏州大建园亭。

⑦姑苏之台:台名,在姑苏山上,相传为吴王夫差所筑。亦作"姑胥台"。

⑧太伯:即泰伯,周代吴国始祖。周太王古公亶父长子,季历之长兄,古公亶父欲传位于季历,泰伯乃与弟仲雍避至江南,自号句吴。虞仲:周太王的次子、太伯之弟,名仲雍,是商末所建吴国的第二任君主;一说为仲雍的曾孙,

虞国的首位受封君主，排行第二，封在虞国，故称虞仲。

⑨阖闾：春秋末期吴国国君，名光，他用专诸刺杀吴王僚而自立。夫差：春秋末期吴国国君，吴王阖闾之子。

⑩子胥：即伍子胥，春秋时期吴国大夫。种、蠡：春秋时期越国大夫文种、范蠡的并称。

⑪钱镠（liú）：五代时吴越国建立者。字具美，五代时，乘军阀藩镇混战之机，攻占土地，建立吴越国。

⑫奢僭（jiàn）：谓奢侈逾礼，不合法度。

【赏读】

追溯沧浪亭的历史，最早其为五代时吴越广陵王钱元璙外戚孙承佑的园子。北宋庆历间，诗人苏舜钦因贬谪来到苏州，得之，傍水建亭，古代民歌《沧浪歌》中有"沧浪之水清兮，可以濯我缨；沧浪之水浊兮，可以濯我足"，故而取其意而名之曰沧浪亭，并作《沧浪亭记》。南宋初，沧浪亭为抗金名将韩世忠宅第，称韩园。元代废园，改为佛寺。明代僧人文瑛复建沧浪亭，并由归有光作记。

本篇文章开宗明义，说前有苏舜钦《沧浪亭记》记录亭园好景，而此文则另有侧重，讲明文瑛希望归有光传达的复建此亭的目的。文章无意于考证沧浪亭的历史源流，仅用寥寥数语简单阐释了其来历，更多的笔墨还是落在了围绕沧浪亭的议论之中。

论点大致有二,一是"古今之变,朝市政易"。咏怀古迹,追思前人是文人墨客在面对历史遗迹的共有情怀,这种物是人非、昔盛今衰的情境着实令人唏嘘慨叹,登上姑苏台,遥想吴国当年的盛景而今"皆无有矣",也只给后人空留怀想。二是何以垂名千载。吴国强盛之时,"宫馆苑囿,极一时之盛",但时过境迁,又有几人记得彼时之亭园?而独苏舜钦之沧浪亭,却为后人所钦重,其中所寄寓的深情与慨叹或许才是历史的共鸣,供后人时时追念。

花史馆记

子问居长洲之甫里①,余女弟婿也。余时过之,泛舟吴淞江,游白莲寺,憩安隐堂,想天随先生之高风②,相与慨然太息。而子问必挟《史记》以行。余少好是书,以为自班孟坚已不能尽知之矣③。独子问以余言为然。间岁不见,见必问《史记》,诸不及他也。会其堂毁,新作精舍④,名曰花史馆。盖植四时花木于庭,而庋《史记》于室,日讽诵其中。谓人生如是足矣,当无营于世也。

夫四时之花木,在于天地运转,古今代谢之中,其渐积岂有异哉?人于天地间,独患其不能在事之外,而不知止耳。静而处其外,视天地间万事,如庭中之花,开谢于吾前而已矣。自黄帝迄于太初⑤,上下二千余年,吾静而观之,岂不犹四时之花也哉?吾与子问所共者,百年而已。百年之内,视二千余年,不啻一瞬⑥。而以其身为己有,营营而不知止,又安能观世如《史》,观《史》如花也哉?余与子问言及此,抑亦进于《史》矣。遂书之以为记。

【注释】

①子问：马用拯，字子问，归有光妹夫，通史学。长洲甫里：地名，即明代长洲县甫里镇，今江苏苏州吴中区甪直镇。

②天随先生：陆龟蒙（？~约881），字鲁望，号天随子、甫里先生、江湖散人，唐代文学家。曾任苏州、湖州从事，后隐居甫里。

③班孟坚：班固（32~92），字孟坚，东汉史学家、文学家，继其父班彪遗志修成《汉书》。

④精舍：书斋，学舍。

⑤太初：汉武帝刘彻的年号，前104~前101年。

⑥不啻：如同。

【赏读】

归有光钟爱《史记》，他曾说："不喜为今世之文，性独好《史记》，勉而为文，不《史记》若也。"他的妹夫马用拯通史学，亦偏好《史记》，见到归有光就向他请教关于《史记》的问题。马用拯新建书斋，种植四时花木于庭，收藏《史记》于室，将书斋起名为花史馆，于是归有光写下此篇。他认为观史如同观花，人置身花之外，看花开花谢，就如同置身史之外，看千年兴废；千年历史犹如四时之花,更何况仅有百年的人生,在历史长河中也只是一瞬罢了。行笔至此,归有光发出了"以其身为己有,营营而不知止,又安能观世如《史》,观《史》如花也哉"的感叹,认为人要"知止",表达了他超然世外的追求。归有光科场蹉跎,这置身世外的话语中也透露着无奈和辛酸。

杏花书屋记

　　杏花书屋,余友周孺允所构读书之室也①。孺允自言其先大夫玉岩公为御史②,谪沅、湘时③,尝梦居一室,室旁杏花烂漫,诸子读书其间,声琅然出户外。嘉靖初,起官陟宪使④,乃从故居迁县之东门,今所居宅是也。公指其后隙地,谓孺允曰:"他日当建一室,名之为杏花书屋,以志吾梦云。"

　　公后迁南京刑部右侍郎,不及归而没于金陵。孺允兄弟数见侵侮,不免有风雨飘摇之患。如是数年,始获安居。至嘉靖二十年,孺允葺公所居堂,因于园中构屋五楹⑤,贮书万卷,以公所命名,揭之楣间,周环艺以花果竹木。方春时,杏花粲发,恍如公昔年梦中矣。而回思洞庭木叶,芳洲杜若之间⑥,可谓觉之所见者妄,而梦之所为者实矣。登其堂,思其人,能不慨然矣乎?

　　昔唐人重进士科,士方登第时,则长安杏花盛开,故杏园之宴⑦,以为盛事。今世试进士,亦当杏花时。⑧而士之得第，多以梦见此花为前兆。此世俗不忘于荣名者为然。公以言事忤天子，间关岭海十余年⑨，所谓铁心石肠，于富贵之念，灰灭尽矣。乃复以科名望其子孙。盖古昔君子，爱其国家，不独尽瘁其躬而已。至于其后，犹冀其世世享德，而宣力于无穷也⑩。夫公之所以为心者如此。

今去公之殁，曾几何时，向之所与同进者，一时富贵翕赫⑪，其后有不知所在者。孺允兄弟虽蠖屈于时⑫，而人方望其大用。而诸孙皆秀发⑬，可以知《诗》《书》之泽也。《诗》曰："自今以始，岁其有；君子有谷，贻孙子。于胥乐兮！"⑭吾于周氏见之矣。

【注释】

①周孺允：即周士洵，字孺允，太仓（今江苏太仓）人，嘉靖间贡生。

②先大夫：指周孺允已故父亲周广（1472~1530），字充之，号玉岩。弘治十八年（1505）进士，曾授御史，正德十五年（1520）因上疏言事被贬为怀远驿丞。后迁建昌知县，有惠政，钱宁矫诏再谪竹寨驿丞。嘉靖四年（1525）擢福建按察使，七年（1528）官南京刑部右侍郎。

③沅、湘：沅江、湘江，属于洞庭湖水系，沅江流经贵州、湖南，湘江流经广西、湖南。二江并未流经周广的贬谪

地,因屈原曾贬沅、湘之间,作者有意比拟。

④起官:被贬官后重新起用。陟(zhì):晋升。宪使:明代时为提刑按察使别称。

⑤楹:量词。古代房屋计量单位。屋一列或一间为一楹。

⑥洞庭木叶:语出屈原《九歌·湘夫人》:"袅袅兮秋风,洞庭波兮木叶下。"芳洲杜若:语出屈原《九歌·湘君》:"采芳洲兮杜若。"与前文"沅、湘"呼应,指周广被贬之地。

⑦杏园之宴:杏园在今陕西西安大雁塔南。唐代科举的科目有秀才、明经、进士等,进士一科最受重视。新科进士在杏园举行宴会,宴会上选两名年轻进士作为探花郎,所以杏园宴又称探花宴。

⑧今世试进士,亦当杏花时:明代科举会试一般在乡试第二年的二月在京师举行,殿试明代初期在三月初一举行,成化八年(1472)后固定在三月十五。此时正值杏花盛开。

⑨间关岭海:此代指周广被贬之地。间关,道路险阻。岭海,即岭南,其地北倚五岭,南临南海。

⑩宣力:为朝廷效力。

⑪翕(xī)赫:显赫。翕,盛大。

⑫蠖(huò)屈:《周易·系辞下》:"尺蠖之屈,以求信也。"比喻人不得志,屈居下位或退隐。

⑬秀发:原指草木茂盛,形容人有神采、才华。

⑭"《诗》曰"以下数句：语出《诗经·鲁颂·有駜》。岁其有，每年都是丰年。有，有年，丰年。谷，良好的品德，一说福禄。孙子，即子孙。于胥乐兮，一起欢乐。于，吁。

【赏读】

归有光最引人称道的是描写亲情的文章，此文是为他的好友周士淘所建的书屋而作，讲述其建杏花书屋的来龙去脉，字里行间流动着亲情的温暖。周士淘的父亲周广为人刚正，因敢于直言而被贬岭南，在窘迫困顿时曾梦到"室旁杏花烂漫，诸子读书其间，声琅然出户外"，因此后来父亲曾指着宅后地说："他日当建一室，名之为杏花书屋，以志吾梦云。"杏花寄托着士子科举及第的愿望，这也是周广对后代的殷切期望，可是这个想法还没有实现周广便去世了。周氏兄弟在父亲过世后风雨飘摇，却没有忘记父亲的遗愿，终于在经过一番波折后建起了杏花书屋。这既是对父亲的纪念，也是对父亲德行的传承。归有光写作这篇文章时，周氏一家并未发达，但他相信周广给后代留下的精神财富一定会令其"秀发"。

题玉女潭记

阳羡山水奇胜①,称张公、善卷洞及玉女潭②,其名皆托于神仙。余读《山海经》,昆仑之山,广都之野,轩辕之丘,不死之国,以为此不过如《齐谐》、邹衍之徒之说者③。然今天下名山,在于中州,往往多仙人之遗迹,岂其事皆信然欤?

溧阳史氏④,自汉杜陵壮侯以来数百年⑤,世谓之史侯家。由溧阳至玉女潭四十里,史君于其间,为之刺莽焚茅⑥,伐石疏土,人力既殚,天工始见。由潭以往,得二十四景。名而揭之,如所谓仙馆、佛窟、瑶台、琪树、鹤坡、鼍峡之类⑦。好事者闻而慕之,不得至,如望见之焉。

天下太平,天子明圣,史君为中朝贵臣,而乃自逃于山泽之间。点缀苍碧,缘著怪奇,使后百年,便以史君为仙人也。由此言之,余殆疑所谓仙人之迹者,皆遁世长往之士有所托而为之,亦史君类耶?

【注释】

①阳羡：宜兴的古称，今江苏宜兴。

②张公：张公洞，石灰岩溶洞，位于宜兴城西南孟峰山麓，因相传张道陵在此修道、张果老在此隐居而得名。善卷洞：石灰岩溶洞，位于宜兴城西南螺岩山，相传舜让位于善卷，善卷坚决不受，隐居于此，故此洞得名善卷洞。玉女潭：位于宜兴西南莲子山，因传说有神女在此沐浴修炼而得名。

③广都之野：《山海经·海内经》："西南黑水之间，有都广之野，后稷葬焉。"轩辕之丘：《山海经·海外西经》："轩辕之丘，在轩辕国北，其丘方，四蛇相绕，此诸夭之野。"不死之国：《山海经·大荒南经》："有不死之国，阿姓，甘木是食。"《齐谐》：先秦记载奇闻异事的志怪书籍，《庄子·内篇·逍遥游》中记载："《齐谐》者，志怪者也。"邹衍：战国时齐国人，因其"尽言天事"，故被称为"谈天衍"。

④溧阳史氏：溧阳，治所在今江苏溧阳。东汉初大将史崇曾封溧阳侯，为溧阳史氏初祖。

⑤杜陵壮侯：指史崇（4~82），字伯勤，杜陵（治今陕西西安南部）人，因平赤眉、降刘盆子有功，授右将军及青、冀两州刺史加骠骑将军，封溧阳侯，谥号"壮"。

⑥剚（fú）莽焚茅：砍草丛，焚烧茅草。剚，砍。莽，草丛。

卷一　记体之文（上）　　69

⑦鼍(tuó):扬子鳄,亦称鼍龙。

【赏读】

文章标题为《题玉女潭记》,但却未描写玉女潭的风景,而是以玉女潭为由头发为议论,抛出问题:阳羡山水多以仙人名之,中州名山也多仙人遗迹,这些事情可信吗?从该问题出发,归有光又谈玉女潭风景形成的始末,仙馆、佛窟、瑶台、琪树、鹤坡、鼍峡等二十四景均是由史君刺莽焚茅,伐石疏土开辟出来的,百年过后人们或许便以为史君是仙人。由此作者得出结论,传说中的仙人遗迹或许都是像史君这样的隐居长者做的吧。归有光不轻信传说,而是理性思考这其中的缘由,由现实中的个别现象推及一般规律,发人深省。

见苓书舍记

长洲刘逊,与余友盛应祯同年家子弟相好,又与余同在太学①。应祯数称逊之为人,读书好古,笃于行谊。逊所后父为水部君②,水部君尝自号饭苓子③。水部君卒,逊以见苓扁其书舍,以寓思亲之意。间因应祯属余为记。

余曰:人子于其亲之亡,不可得而见,思之则见之矣。无所不思,则无所不见矣。书舍,逊之所常居也,于是而见饭苓子焉,可以见逊之无所不思也。《礼》:"为人后者受重,而以尊服服之。"④服之以其父母,而祭之以其父母。夫以为其文则然。至于其情,或容有不可强者。而逊于水部君,又重之以父母之思。推是心也,可谓厚之至矣。

而吴中士大夫,载水部君之行事,盖云:君初举进士,以亲老,不肯就官,恳疏归养。比亲丧服阕⑤,所亲力劝之出。君不得已,一至京师。当正德之初,中官乘势⑥,陵轹天下士大夫⑦。君为主事,领漕事居济上⑧。无何⑨，即引病长往⑩。其号饭苓子以此。余因感逊之厚，又叹水部君之廉于进取，其风概不独可使刘氏子孙传之也。

【注释】

①太学：即国子监，国家最高学府，明人常以太学、成均等古称称之。明代在北京与南京各设国子监，分别称北监、南监，归有光曾以贡入南京国子监。

②后父：继父。联系下文引《仪礼》之语，刘逊当是过继给同一家族饭苓子。水部君：明代工部都水司主事的拟古简称。

③饭苓：祝允明有《饭苓赋》。苓，茯苓。

④《礼》句：语出《仪礼·丧服》："为人后者。传曰：何以三年也？受重者，必以尊服服之。"为人后者，指嫡系长房之后，即作为族长后继人的非嫡长子。尊服，斩衰，五服中最重的丧服。意思是作为大宗之后，就算死者并非其亲生父母，也要服斩衰的丧服。

⑤服阕：古代三年之丧满。

⑥中官：宦官。正德时宦官刘瑾专权，加害士大夫甚多。

⑦陵轹（lì）：欺压，欺蔑。

⑧漕事：有关漕运之事。济上：疑指山东济宁。

⑨无何：不多时，不久。

⑩长往：指避世隐居。

【赏读】

此文是刘逊托盛应祯向归有光索求的，文章围绕见苓书舍，以刘逊对其后父的怀念和后父的高洁品行展开论述。刘逊的后父水部君自号饭苓子，在其去世后，刘逊将自己的书舍命名为见苓书舍，他时常在书舍读书居住，仿佛父亲一直陪在身边，"无所不思，则无所不见矣"。儒家经典《仪礼》要求大宗之后，即使死者并非其亲生父母，也要服斩衰。饭苓子不是刘逊的亲生父亲，而刘逊不但服以斩衰，还加之以如同亲生父亲般的怀念，这远远超过了儒家的一般道德标准。归有光的目的是以传统道德标准来称颂刘逊，他对后父的深切感情超越了繁文缛节，也超越了血缘关系，一切因情发之，令人动容。行文至此，归有光又谈及饭苓子的高洁品行。饭苓子中进士后，因父母年老需要侍奉而不肯出仕，直到服丧完毕后才在亲友的劝说下进京为官。正德年间，宦官专权，于是饭苓子再次隐居回乡。饭苓子的高尚节操让刘氏有着淳厚的家风，刘逊的品行也源于此。

娄曲新居记

娄曲新居者，吾县在娄水之曲①，沈先生故以名其居②。始，自吴有国③，其东门曰娄门。震泽之水，由是东入海，故水为娄江。古娄门外马亭溪是也。溪上复城，越王余复君之所治，因之为娄县④。王莽曰娄治。吴有娄侯⑤，而或谓之疁城。江入海口为刘家港，"疁"与"刘"，声近讹。吴大，疁盖在北野，禺栎东所舍云。沈先生世县人，年七十矣，未始出于娄曲也，而以名其居，盖自谓终老于此云尔。

昔伏波将军平交趾还⑥，言："吾弟少游⑦，哀吾慷慨有大志，曰：'士生一世，取衣食裁足，乘下泽车，御款段马，为郡掾吏⑧，守坟墓，乡里称为善人，斯足矣。致求赢余，徒自苦耳。'当吾在浪泊、西里间⑨，下潦上雾⑩，毒气薰蒸，仰视飞鸢跕跕水际⑪，念少游平生时语，何可得也。"班定远在西域⑫，年老，乞哀求还："不敢望到酒泉郡，但愿生入玉门关。"⑬二人者，君子盖悲之。

嗟夫，人生百年之内，为日有几？欲穷万里之道，日驰骛而不知止者，何也？先生盖自叙其少时艰难之迹，曰："吾晚得地于郊外，安而乐之。名其圃曰南园，其馆曰星槎，其堂曰卅有，曰吾而后庶几其有之。已又鬻他姓。于今始卜于县之南街。亲朋往还，里俗淳厚。有宅一区，有屋数椽。有花有竹，浊醪一壶，黄虀数茎，焚香赋诗。自喻桑榆之乐，物无能易之。传谓逆旅无常，为迁徙之徒，兹则庶乎可免矣！"

余读其辞，盖有隐居之致，而有感于昔之人发愤忼志，争功名于万里之外，乃至白头顾念，忽有首丘依风之感[14]。因以叹夫漂漂者何所极也！遂书之以为记。

【注释】

①吾县：指今江苏昆山。娄水：娄江，在今苏州市境内。古娄江唐代以后湮废，今娄江原名昆山塘，宋至和二年（1055）疏浚后改名至和塘。明弘治年间改称娄江。曲：河流弯曲的地方。

②沈先生：即沈大中，昆山人，归有光《卅有堂记》："沈大中以善书著里中，里中人争客大中。大中往来荆溪、云阳，富人延之教子。"

③吴有国：周初泰伯居吴，至十九世孙寿梦称王，其都

城即今江苏苏州。

④娄县：秦置的古县，治所在今江苏昆山东北。

⑤吴：此处指三国时的吴国。娄侯：吴国张昭、陆逊皆曾封为娄侯。

⑥伏波将军：即马援（前14~49），东汉开国将领，被封为伏波将军。交趾：古地名，在今越南北部。

⑦少游：马少游，马援堂弟。

⑧裁足：表示数量刚够。下泽车：一种便于在沼泽地行驶的短毂车。款段马：迟缓的马，驽马。款段，马行迟缓的样子。掾吏：辅佐官吏的小官。

⑨浪泊、西里：交趾一带的地名。

⑩潦（lǎo）：积水。

⑪飞鸢：飞翔的老鹰。跕跕：坠落的样子。

⑫班定远：班超（32~102），字仲升，投笔从戎，在西域三十余年，官至西域都护，封定远侯。

⑬不敢望到酒泉郡，但愿生入玉门关：《后汉书·班超列传》载班超久驻西域，年老时思念故乡，于汉和帝永元十二年（100）上疏乞归，中有"不敢望到酒泉郡，但愿生入玉门关"之语。酒泉郡，在今甘肃河西走廊西部。玉门关，在今甘肃敦煌西北，是古代通往西域的交通要道。酒泉郡在玉门关东部，离中原更近。

⑭首丘依风：《后汉书·班超列传》班超上书乞归时言："况于远处绝域，小臣能无依风首丘之思哉。"首丘，《礼

记·檀弓上》:"古之人有言曰:'狐死正丘首',仁也。"孔颖达疏:"所以正头而向狐穴之丘者,丘是狐窟穴根本之处,虽狼狈而死,意犹向此丘。"后以首丘比喻归葬故乡。依风,《古诗十九首·行行重行行》:"胡马依北风,越鸟巢南枝。"借胡马、越鸟抒发对故乡的怀念。

【赏读】

 同乡沈大中年至七旬,在娄曲新置宅院,名为娄曲新居,他一生未离开故土,新宅又以娄曲名之,大概是要终老于此吧。归有光由此想到人生逆旅无常,久住乡里可免于迁徙之苦,遂发感慨,为文章添了一份悲戚。东汉的马援是千古名将,曾豪情壮志地向士兵们说壮士就应该马革裹尸而还,但在经历蹉跎后却对自己堂弟的话产生共鸣。投笔从戎的班超远出西域,在年老也说出"不敢望到酒泉郡,但愿生入玉门关"的酸楚之言。胡马尚且依北风,狐死也要以首向丘,更何况是人呢?儒家修齐治平的理想深深影响着古代士大夫,但道家的田园之乐也深深烙在他们心底。进与退的矛盾构成了古代士大夫的内心世界,"退"蕴含着人们内心世界对宁静和温暖的渴望。归有光尚在年幼时祖母便对他寄予厚望,但他科场频频失意,六十岁时才得中进士。这篇散文饱有深情,这恐怕是他心底对宁静生活渴望的表现吧,不然一位老翁置办新宅的事情又怎么会拨动他的心弦呢?文中问"人生百年之内,为日有几?欲穷万里之道,日驰骛而不知止者,何也?"是感慨,更是自问。

宝界山居记

太湖，东南巨浸也①。广五百里，群峰出于波涛之间以百数。而重涯别坞②，幽谷曲隈③，无非仙灵之所栖息。天下之山，得水而悦；水或束隘迫狭④，不足以尽山之奇。天下之水，得山而止；山或孤孑卑稚，不足以极水之趣。太湖潆森颓洞⑤，沉浸诸山，山多而湖之水足以贮之。意惟海外绝岛胜是⑥，中州无有也。故凡奔涌屏列于湖之滨者⑦，皆挟湖以为胜。

自锡山过五里湖，得宝界山，在洞庭之北，夫椒、湫山之间，仲山王先生居之。⑧先生蚤岁弃官⑨，而其子鉴始登第，亦告归⑩。家庭间，日以诗画自娱。因长洲陆君，来请予为山居之记。

余未至宝界也，尝读书万峰山⑪，尽得湖滨诸山之景。虽面势不同⑫，无不挟湖以为胜；而马迹长兴⑬，往往在残霞落照之间，则所谓宝界者，庶几望见之。昔王右丞辋川别墅⑭，其诗画之妙，至今可以想见其处。仲山之居，岂减华子冈、欹湖诸奇胜⑮？而千里湖山,岂蓝田之所有哉?摩诘清思逸韵,出尘壒之外⑯。而天宝之末,顾不能自引决,以濡羯胡之腥膻⑰。以此知士大夫出处有道⑱,一失足,遂不可浣。如摩诘,令人千载有遗恨也。今仲山父子嘉遁于明时⑲,何可及哉!何可及哉!

【注释】

①巨浸:大湖。

②重涯:指水边。《文选·张衡〈西京赋〉》:"浸石菌于重涯,濯灵芝以朱柯。"薛综注:"重涯,池边也。"别坞:不相连的坞。坞,四周高中间低的地方。

③曲隈:曲折隐蔽之处,这里指水流曲折处。

④束隘:控制要隘,这里指水流被狭窄处所限制。迫狭:宽度窄,范围小。

⑤溔淼澒(hòng)洞:水势广阔浩荡,无边无际。

⑥胜是:胜过这里。

⑦屏列:像屏风一样排列。

⑧锡山:位于今江苏无锡西郊,是惠山东峰脉断处凸起的小峰,相传周、秦时盛产锡矿,故名锡山。五里湖:又称蠡湖,是太湖伸入无锡的内湖。宝界山:山名,位于无锡市蠡湖西南,太湖东北。洞庭:指太湖中东、西洞庭二山。夫椒:太湖中山名,一说即包山,又名洞庭西山,在今苏州市吴中区。一说即湫山。湫山:太湖中山名。仲山王先生:王

仲山,即王问(1497~1576),字子裕,号仲山,嘉靖十七年(1538)进士,官至广东按察佥事,乞归养。

⑨蚤岁弃官:指王问辞去广东按察佥事一事。蚤,通"早"。

⑩子鉴始登第,亦告归:王问之子王鉴(1520~1590),字汝明,号继山,嘉靖四十四年(1565)进士,授武定知县,官至太仆寺卿,因念父年老乞归。

⑪万峰山:一名邓尉山,在今江苏苏州西南,太湖北部,宝界山南。

⑫面势:方面,形势。

⑬马迹:山名,在太湖北,宝界山南。长兴:长兴县,今属浙江湖州,位于苏州与杭州之间的太湖西南岸,归有光曾在此做县令。

⑭王右丞辋川别墅:王右丞,即王维,字摩诘。其得宋之问别墅,改建成辋川别墅,位于今陕西蓝田县南,地处终南山下。王维有《辋川集》。

⑮华子冈、欹湖:辋川两处盛景。

⑯尘壒(ài):飞扬的灰土,亦喻指尘世。

⑰以濡羯胡之腥膻:指王维在安史之乱中被安禄山俘而授伪职。濡,沾染。羯胡,泛称来自北方的外族,此处代指安禄山。

⑱出处有道:出仕和退隐都要遵循道的原则。

⑲嘉遁:合乎正道的退隐,合乎时宜的隐遁。明时:政

治清明的时代。

【赏读】

王问为嘉靖年间进士,年老隐居在太湖北的宝界山。其子王鉴得中进士后,也未留恋宦场,又加之惦念年迈的父亲,也请辞乞归,与父亲一同生活在宝界山居,日日沉浸在诗画带来的快乐中。归有光此时年逾六旬,正在长兴县任上,王氏父子托长洲陆君请归有光为他们作了这篇记。

文章自湖山相映成趣写起,山有水而悦,水有山而止。太湖古称震泽,方圆五百余里,烟波浩渺,而湖中山峰众多,四周群山环绕。当然,这些山并不巍峨,但因为这浩荡的洞庭湖水,使它们成为"中州无有也"之胜景,屏列湖滨,挟湖为胜。宝界山就在这百里湖水之北,自锡山出发,经过五里湖,舍筏登岸,在夫椒山与湫山之间,便是王仲山先生居处。行文至此,作者才吐露他并没有去过宝界山,这访仲山先生的行程是凭借他对太湖形胜的熟悉程度想象出来的。

归有光在长兴当县令,与宝界山隔湖相望,自王仲山处西望,长兴在残霞落照之间,而自归有光处东眺,宝界则在晨光霞映之中,如此妙笔更添一份诗意。与王氏父子同样善诗画的唐代大诗人王维也曾隐居辋川,篇末归有光补充一笔,由王维接受安禄山任职而自污声名不能自"引决"一事论及士大夫出隐之道,以此称赞王氏父子识见过人。

南陔草堂记①

予友陈吉甫②，卜居于县城之东南门须浦之上。盖自门南出，为走松江之道，江之南北村民有征召会集，必由于此，故为市颇嚣杂。而吉甫之宅在浦西，予家旧居东南门，所谓河西者也。而浦所自出，为县之隍。娄水循是而东，至太仓入海。舟行昼夜，叫呼不绝。吉甫家，负隍而并浦，独萧然有林野之趣。于其居之后，为堂若干楹，前临小池，有亭榭花石；池南有幽径，西出则平畴旷然；堂之西为圃，多竹树花果。又有堂若干楹，吉甫以为娱亲之所，故以南陔名焉。

予读《诗经·小雅》，至于《六月》之序，以为自《鹿鸣》至《菁菁者莪》二十二诗，盖先王之所以治天下者，尽在于是。③"《小雅》既废，则四夷交侵，而中国微矣。"④然是诗必以《南陔》为之本。人无孝友之心⑤，则君臣、兄弟、朋友何由而得其叙？和乐、忠信、廉耻、礼义何由而得其道？法度、蓄积、师众、征伐、功力何由而得其度？福禄何由而绥？阴阳何由而得其理？贤者何由而得其所？万物何由而遂？为国之基何得不坠？恩泽何得不乖？万物何得不失其道理？万国何得不离？诸夏何得不衰？此四夷之所以交侵而中国微也。故《乡饮酒礼》《燕礼》，皆鼓瑟歌《鹿鸣》《四牡》《皇皇者华》，然后笙堂下奏《南陔》《白华》《华黍》。⑥盖外尽君臣，而内反之父子之际，而王道备矣。汉儒掇拾于秦火之后，亡逸此篇，至今遂以笙奏有声而无辞，而不知古《诗》三百篇，孔子皆弦歌之，以求合《韶》《舞》《雅》《颂》之音⑦；若本无其辞，而何以有《南陔》《白华》《华黍》之篇名？今世所传《新宫》《采齐》《狸首》《骊驹》，及"三齭""三夏""九夏"之类⑧，其辞逸者固多也。束广微补亡之篇⑨，庶亦近之，而用意止于晨羞夕膳之间。求之于诗，《卷耳》《采蘋》诸作⑩，虽闲淡而意深远。至如《陟岵》《蓼莪》，有幽邈罔极之思⑪，束氏不能及也。

吉甫之尊人⑫，与家君同学。既老，又同与社会⑬，在社中，终日忻忻，饮酒，必醉而后去。而平生有孝友之行，吉甫又能承奉之。则凡登其堂者，如闻钟鼓，如聆笙瑟，而可以知《南陔》之诗不亡矣。予是以推《小雅》之意义而著之。

【注释】

①南陔:《南陔》是《诗经·小雅》中的篇名,有目无词。据《仪礼》中的《乡饮酒礼》《燕礼》,《南陔》是在乐工升堂歌《鹿鸣》《四牡》《皇皇者华》之后,由笙演奏,所以也称"笙诗",下文提到的《白华》《华黍》皆属于笙诗。《毛诗序》说《南陔》:"孝子相戒以养也。"朱熹认为笙诗本身就是有目无词,《诗传通释》:"然曰笙、曰乐、曰奏,而不言歌,则有声而无词明矣。所以知其篇第在此者,意古经篇题之下必有谱焉……而亡之耳。"

②陈吉甫:即陈敬纯,字吉甫,隆庆时入太学。

③"予读《诗·小雅》"五句:西汉时毛亨和毛苌注解古文《诗经》,称为"毛诗"。毛诗的每一篇下都有序,称为小序,此外有总序一篇,称为大序,这里说的"《六月》之序"就是指《诗经·小雅·六月》的小序。《鹿鸣》《菁菁者莪》都是《诗经·小雅》中的篇目,自《鹿鸣》至《菁菁者莪》共计二十二篇。

④"《小雅》既废"三句:出自《六月》小序。

⑤人无孝友之心:《六月》序:"《南陔》废,则孝友缺矣。"

⑥"故《乡饮酒礼》《燕礼》"三句:《仪礼·乡饮酒礼》:"工歌《鹿鸣》《四牡》《皇皇者华》。卒歌,主人献工。……笙入,堂下磬南,北面立,乐《南陔》《白华》

《华黍》。"《仪礼·燕礼》:"工歌《鹿鸣》《四牡》《皇皇者华》。……笙入,立于县中。奏《南陔》《白华》《华黍》。"

⑦"而不知古《诗》三百篇"三句:出自《史记·孔子世家》:"三百五篇孔子皆弦歌之,以求合《韶》《武》《雅》《颂》之音。"《韶》,虞舜时的乐舞,因分为多个段落,又被称作《大韶》《九韶》《九歌》等。"舞"通"武",《武》又称《大武》,乐舞名,歌颂武王伐纣的功绩。

⑧《新宫》:《诗经·小雅》逸篇名。《采齐》:古乐曲名。一说为逸诗名。《狸首》:逸诗篇名。上古行射礼时,诸侯歌《狸首》为发矢的节度。《骊驹》:逸诗篇名。古代告别时所赋的歌词。"三豳":古代乐曲。郑玄认为《豳风·七月》分见于《风》《雅》《颂》,故称为"三豳"。"三夏":古代乐曲《肆夏》《韶夏》《纳夏》的总称。"九夏":古代乐曲《王夏》《肆夏》《韶夏》《纳夏》《章夏》《齐夏》《族夏》《祴夏》《骜夏》的总称。

⑨束广微:束皙(约264~约303),字广微,西晋史学家、文学家,作《补亡诗》六首,以补《诗经》中笙诗之缺,其中《南陔》有云:"馨尔息膳,絜尔晨羞。"

⑩《卷耳》:《诗经·周南》中的篇目。《采蘋》:《诗经·召南》中的篇目。

⑪《陟岵》:《诗经·魏风》中的篇目,写孝子远行在外,思念父母兄弟。《蓼莪》:《诗经·小雅》中的篇目。其有云:"父兮生我,母兮鞠我……欲报之德,昊天罔极。"罔

极:无穷尽,这里指父母的恩德无穷。

⑫尊人:对他人或自己父母的敬称,这里指陈吉甫的父亲。

⑬社会:由志趣相同者结合而成的组织或团体。

【赏读】

此篇归有光巧用"南陔"二字,腾挪于居舍与《诗经》之间,"南陔"似穿珠之线,将二者相互勾连。文章开篇先叙述南陔草堂得名之由,陈吉甫卜居于县东南门外的须浦之上,于是镜头自南门出,"萧然有林野之趣"处便是陈吉甫的住宅。在其宅之后,又搭建了屋舍若干,前有池塘、亭台、奇石,顺着池塘南边的小路走去是一片良田。屋舍之西又种植竹子、鲜花、果木,又构堂数楹,以为娱亲之所。《南陔》是《诗经》中的一篇笙诗,常被援引称赞孝行,于是陈吉甫将父母居住的屋舍称南陔草堂。

从南陔草堂出发,归有光开始了对《诗经》的讨论。《诗经·小雅》中《鹿鸣》至《菁菁者莪》共二十二首被称为"正小雅",归有光认为申明孝友之心的《南陔》正是其中的根本,孝友之心也是治理国家的根本。《仪礼》中记载先鼓瑟歌《鹿鸣》《四牡》《皇皇者华》,然后用笙演奏《南陔》《白华》《华黍》,其内蕴就是外为君臣之礼，对内重视父子之礼，如此"则王道备矣"。他认为既然《诗》三百孔子皆能弦歌，说明它们都是可以演唱的，显然《南陔》等笙诗本来是有词的，只是秦始皇焚书后佚失了。文章在末尾再次返回到南陔草堂，谈到陈吉甫有孝友之行，以此说明《南陔》其实并未丢失，只是其化有形为无形，所代表的孝友之道已经融入到世间生活的点点滴滴中去了。

莪江精舍记

吾乡严氏，居吴淞江大直浦东，世以赀雄。至都事君兄弟①，用选秀入成均为弟子②，而廉卿尝与余同试春官矣③。余弟亨甫④，为都事君婿，故余识启贞于垂髫之时⑤。都事君伟仪观，美须髯。而启贞少已丰硕，与客应对揖让，如大人长者。见者往往称之，曰："生子何必多！如君一子，已可知严氏有后矣。"

都事君谢世，启贞受堂构之任⑥，愈能大其家，而不幸早夭。其孤润，方在孩稚，母诸孺人⑦，以育以训，至于有成。今去启贞之世⑧，忽逾一纪⑨，且冠受室矣⑩。诸孺人者，宁邑令贞伯女也⑪。其持身有卫共姜之操；其教子有欧阳太夫人之严⑫。润仰承慈颜，是恃是怙⑬，足以自解。而念其先人蚤弃，讽诵《蓼莪》之诗⑭，日日以泣。游行江上，痛流水之逝而不返也⑮。故以莪江名其精舍。客有怜其志者，求记于余，且请为解之。

余以人之情皆有所止，至于悲伤之过，人得以解之。孝哉，严子！独为其亲而悲哀，而可以人解之乎？虽然，亦有所正也。"三年之丧，二十五月而毕。哀痛未尽，思慕未忘，然服以是断者，为送死有已，复生有节也。"⑯故曰："先王制礼，不可过也。"⑰余悯严仔日诵《蓼莪》之诗，将复生无节乎？子其继若祖考之志，思慰母氏之心，求所谓立身行道，扬名于后世者，是乃所以为无穷之情也。

余昔过严氏，初见都事君，饮酒雍雍，欢燕竟日。再过之，可启贞已为主人。而余友徐直言在其家塾，止余宿，明日别去，即今之所谓精舍者。往年，严子来为其外氏陆冢宰家求祝厘之词⑱，始识之。盖二十年间，而观于严氏三世，有足慨者；又嘉严子之志，而为之记。

【注释】

①都事君：下文严简之兄，严懋元之父，严润之祖父。都事，承宣布政使司经历司都事的简称，从七品，掌管收发文书。

②选秀入成均：通过选贡进入太学。选秀，指选贡，即通过选拔的方式成为贡生进入太学学习。成均，传说尧舜时的学校，这里指太学。

③廉卿：严简，字廉卿，嘉靖四年（1525）举人。试春

官:即参加会试,因由礼部主持,又称礼部试,唐武后光宅年间改称礼部为春官,后亦以春官称礼部。

④亨甫:即归有尚,字亨甫,或作恒甫,号复川。

⑤启贞:即严懋元,字启贞。垂髫:指儿童或童年。

⑥堂构之任:继承先祖的遗业。语出《尚书·大诰》:"若考作室,既厎法,厥子乃弗肯堂,矧肯构。"

⑦诸孺人:严启贞的妻子诸氏。孺人,明清时七品官的母亲或妻子的封号,亦通用为妇人的尊称。

⑧去启贞之世:距离严懋元在世。

⑨一纪:十二年。

⑩且:如今。冠:成年,古人以二十岁为成年。受室:娶妻。

⑪宁邑:在今河南。贞伯:即诸邦宪,字贞伯,昆山人,嘉靖八年(1529)进士,曾做过宁武县令。

⑫持身:立身,修身。卫共姜:春秋时卫国世子共伯之妻,共伯早死,她不再嫁。后常用为女子守节的典实。欧阳太夫人:指欧阳修之母,欧阳修《泷冈阡表》:"修不幸,生四岁而孤。太夫人守节自誓。居穷。自力于衣食,以长以教,俾至于成人。"

⑬是恃是怙:指其母诸氏兼有母亲和父亲的职责。恃,指母亲。怙,指父亲。语出《诗经·小雅·蓼莪》:"无父何怙,无母何恃。"

⑭《蓼莪》之诗:指《诗经·小雅·蓼莪》,是一首儿

子悼念父母的诗。蓼，长大貌。莪，植物名，俗称"抱娘蒿"。

⑮游行：徘徊游荡。痛流水之逝而不返也：《论语·子罕》："子在川上曰：'逝者如斯夫，不舍昼夜。'"

⑯"三年之丧"七句：语出《礼记·三年问》。服以是断者，服丧之期截止。为送死有已，送别死者的活动有终止之日。复生有节也，生者恢复正常生活，有所节制。

⑰先王制礼，不可过也：语出《礼记·檀弓上》："先王制礼而弗敢过也。"

⑱外氏：指外祖父母家。陆冢宰：即陆宪（1458~1526），字全卿，号水村，成化二十三年（1487）进士，官至吏部尚书。冢宰，古官称，明代以之称吏部尚书。祝厘：祈求福佑。严润所求之文即《陆母缪孺人寿序》。

【赏读】

严懋元早夭，其子严润日日哭泣思念父亲，归有光担心严润悲伤过度，于是写了此文劝导。文章先述归有光与严家三代相交甚笃，严简曾与他同时参加会试，他的弟弟归有尚是严家的女婿。严启贞年幼时便已与归有光相识，那时启贞小小年纪便谈吐不凡。在都事君去世后，严启贞果然承嗣祖风，光大家业，可惜他寿命不长。诸氏在丈夫过世后独自把严润抚养成人，严润在其父去世多年后依然深深地思念父亲，常常诵读《诗经》中怀念父母的篇章——《荍茳》，将自己的精舍也起名为荍茳。时间的流逝并未冲淡亲人逝去的痛苦，反而这份痛苦在时光的荏苒中发酵，越酿越深沉。

归有光认为人的感情应该有所节制，不能沉浸于悲伤中太过长久。传统儒家礼仪中规定三年之丧二十五个月就应该终止了，生者总要继续生活，或喜或悲，时间总会继续，人的生老病死在时间的流逝中不断上演。红颜弹指老，少年总会垂暮，新生也会不断破土，一直在其中不能自拔不如立身行道，积极面对生活。归有光的劝解立足于圣人之礼，似乎有充足的说服力。但他自己回想起初见都事君时一同饮酒，再到严家时启贞成为一家之主，而今严氏已至第三代了，他面对不复的时间，感慨中充满了无奈。果然是欲解人而不能自解呀。

卷二 记体之文（下）

庭有枇杷树，吾妻死之年所手植也。今已亭亭如盖矣。

菊窗记

去安亭二十里所①,曰钱门塘,洪氏居之。吴淞江之东为顾浦,折而北,洪氏之居在其西。地平衍无丘陵,而浦之崖岸隆起②,远望其居,如在山坞中。

昔仲长统尝论③:使居有良田广宅,背山临流,沟池环匝,竹木周布;舟车足以代步涉之劳,使令足以息四体之役;养亲有兼味之膳,妻孥无苦身之劳;良朋萃止,则陈酒肴以娱之;嘉时吉日,则烹羔豚以奉之;踌躇畦苑,游戏平林,永保性命之期,不羡入帝王之门也。④大率今洪氏之居,隐然如统乐志论云。而君家多竹木,前临广池,夏日清风,芙蕖交映,其尤胜者。君不取此,顾以"菊窗"扁其室。盖君尝诵渊明之诗云:"酒能祛百虑,菊能制颓龄。"⑤又云:"我屋南窗下,今生几丛菊。"⑥

夫以统之论虽美,使人人必待其如此而后能乐,则其所不乐者犹多也。卒为尚书郎⑦,濡迹于初平、建安之朝⑧,有愧于鸿飞冥冥矣⑨。为《昌言》何益哉⑩？渊明"采菊东篱下，悠然见南山"⑪，"笑傲东轩下，聊复得此生"⑫，可谓无入而不自得也⑬。今君有仲长统之乐，而慕渊明之高致，此予所以不能测其人也。将载酒访君菊窗之下，而请问焉。君名悦，字君学。

【注释】

①去：距离。安亭：明代镇名，在昆山东南，今属上海市嘉定区。归有光于嘉靖二十一年（1542）卜居于此。

②浦：水边，河岸。崖岸：水边的高地。

③仲长统（180~220）：字公理，山阳高平（今山东微山西北）人，官至尚书郎，参曹操军事。

④"使居有良田广宅"十六句：语出《后汉书·仲长统列传》："欲卜居清旷，以乐其志，论之曰：'使居有良田广宅……'"沟池，护城河。环匝，环绕。使令，供差遣的仆役。四体之役，体力劳动。妻孥，妻子与孩子。萃止，聚集。羔豚，小羊与小猪。踌躇，漫步。畦苑，田园。平林，平地上的树林。

⑤"酒能祛百虑"二句：出自陶渊明《九日闲居》。祛，消除。制，防止。颓龄，衰老。

⑥"我屋南窗下"二句：出自陶渊明《问来使》。

⑦卒为尚书郎：仲长统因荀彧举荐，官尚书郎。

⑧濡迹：驻足，喻出仕。初平：东汉汉献帝刘协的年

号,190~193年。建安:东汉汉献帝刘协的年号,196~219年。

⑨鸿飞冥冥:扬雄《法言·问明》:"鸿飞冥冥,弋人何篡焉?"

⑩《昌言》:仲长统作,共三十四篇,大部分佚失。清代严可均《全上古三代秦汉三国六朝文》辑存两卷。

⑪"采菊东篱下"二句:出自陶渊明《饮酒》之五。

⑫"笑傲东轩下"二句:出自陶渊明《饮酒》之七。笑傲,超逸貌。轩,窗。

⑬无入而不自得也:语出《礼记·中庸》:"君子无入而不自得焉。"

【赏读】

归有光嘉靖二十一年(1542)曾卜居于安亭,此文大概作于他在安亭时。开篇点明自归有光居处出发二十余里,是洪悦的住所,接着对他的居所进行了鸟瞰式的巡览,土地平旷,崖岸隆起,远远望去,菊窗居如在山坞中。接着并没有对菊窗居直接进行描写,而是援引仲长统的话,转述仲长统田园隐居的生活理想,认为洪悦之居与仲长统之言相似。下文却笔锋一转,说仲长统其实言行不一,沉浮宦海。洪悦也并未以仲长统之言为自己的居室起名,而是化用了真正的隐士陶渊明采菊东篱下的事迹作为自己居室的名字,显然是在追求真正的隐居生活。

仕与隐的矛盾构成了古代士人的精神世界,儒家治国平天下以实现自我价值的观念根植在有识之士的内心,同时源于文化基因的对怡然自乐摆脱尘俗的向往也使得古代士人追求隐逸与田园。

归有光对于仲长统言行不一的评判不仅仅是表面上的指责,更是他自己的内心矛盾。他家道衰落,自小家人便盼望他能考取功名,振兴家业,但现实却让他屡屡受挫。亲人的期望与现实的无奈让归有光不堪重负,他又何尝不想抛下世俗的烦恼,过陶渊明采菊东篱式的田园生活呢?

野鹤轩壁记

嘉靖戊戌之春①,予与诸友会文于野鹤轩②。吾昆之马鞍山③,小而实奇;轩在山之麓,旁有泉,芳冽可饮。稍折而东,多盘石,山之胜处,俗谓之东崖,亦谓刘龙洲墓④,以宋刘过葬于此。墓在乱石中,从墓间仰视,苍碧嶙峋,不见有土。惟石壁旁有小径⑤,蜿蜒出其上,莫测所往。意其间有仙人居也。

始,慈溪杨子器名父创此轩⑥。令能好文爱士,不为俗吏者,称名父。今奉以为名父祠。嗟夫!名父岂知四十余年之后,吾党之聚于此耶?

时会者六人,后至者二人。潘士英自嘉定来⑦,汲泉煮茗,翻为主人⑧。予等时时散去,士英独与其徒处。烈风暴雨,崖崩石落,山鬼夜号⑨,可念也。

【注释】

①嘉靖戊戌:即嘉靖十七年(1538)。

②会文:与朋友聚会作文。野鹤轩:位于今昆山市马鞍

山,已不存。

③吾昆:指昆山。马鞍山:在今江苏昆山市西北,因形如马鞍而得名,又名玉峰山。

④刘龙洲:即刘过(1154~1206),字改之,号龙洲道人,吉州太和(今江西泰和)人,终身布衣未仕。词的主要风格学习辛弃疾,抒发壮志豪情,盼望南宋北伐抗金,死后葬于昆山。

⑤石壁:陡立的山岩。

⑥杨子器:字名父,号柳塘,成化二十三年(1487)进士,官至河南布政使,弘治元年(1488)曾任昆山县令。

⑦潘士英:字子实,嘉定(今属上海)人,嘉靖三十七年(1558)贡生,受业归有光,奉母至孝。

⑧翻为:反而成为。

⑨山鬼:山中的鬼魅。

【赏读】

归有光作此篇时年三十二岁,文章看似清丽,实则一股峭奇之气包蕴其中。归有光与友人会聚于马鞍山麓野鹤轩,旁有清泉、磐石,乱石中有南宋词人刘过墓,峭拔之处小径蜿蜒,或许可通往仙人的居所。此时他想到了建立野鹤轩的杨子器,此人超凡脱俗,名重于世,但他也不知四五十年后归有光会与好友欢聚于此。文中提及古人刘过与杨子器,是自比,也是生发今昔之感。

此时的归有光虽刚过而立之年，但短短几年中爱妻离世，此前不久爱妻的婢女寒花也故去了。三年前，归有光翻出旧文《项脊轩志》，在文后续补道"庭有枇杷树，吾妻死之年所手植，今已亭亭如盖矣"，时间的流逝所带来的痛感在归有光生命中开始留下印记，几番乡试未第，更让他心气郁结。文末云"烈风暴雨，崖崩石落，山鬼夜号"，顿时散去前文的春光明媚，一股凄切之气袭面而来，文章也在此处戛然而止。

文章还用简短的笔墨塑造了潘士英的形象，他和伙伴自嘉定来马鞍山，并未按时到达，但在文会上泰然自若，宛如主人一般，朋友们时不时四散游玩，潘士英却与伙伴独处。归有光三言两语勾勒出一位与众不同的高士形象，言语之间对潘士英颇为欣赏，似乎他在羡慕潘氏，无论外在情况如何，始终可以泰然处之，这恐怕也是归有光在经历人世浮沉后所追求的境界。

保圣寺安隐堂记

长洲东南五十里,地名甫里①,天随先生之故居在焉②,今为保圣教寺③。而郡志又有白莲讲寺,然甫里无二寺,盖白莲,保圣之别院也。志云:"寺创于唐大中间,熙宁六年,僧惟吉重修。"又谓:"惟吉于祥符间创白莲寺。"今里俗所指以为白莲者,仅在西庑④,其后即为天随先生祠。区宇非广,不当别称为寺也。

余少时过甫里,拜先生祠。游行寺中,寻古碑刻,殆无存者。惟元统二年《法华期忏田记》⑤,轮管忏司知事比丘有亲从政文选所立⑥,此石存耳。成化二十二年⑦,时国家累世熙洽⑧,京师崇寺宇,僧司八街剃度数万人,醮祠日广。左善世璇大章住持大兴隆寺⑨,方被尊宠。而璇,故里人陈氏子。初为寺比丘,得请,驰驿还省其母,因迎养于寺之爱日堂。明年,从四明普陀归⑩。是岁八月,重修此寺;又明年五月,落成。明年,还京师。凡为殿堂七,廊庑六十。初坏殿时,梁栱间有板,识绍兴、宝祐之年⑪,故知以前修创盖不一,而无文字可考也。

寺之西北有安隐堂。异时僧每房以堂为别,如安隐比者,无虑数十房。其后日圮,今东偏无僧寮矣。主僧法慧,惧且尽废,而慧之徒又绝。先是,安隐之房,分为二派。慧乃与同堂之徒复合为一,誓相与共守之,而请余为之记。

自成化二十三年丁未,至今嘉靖四十三年甲子⑫,盖又七十有八年矣。璇之修创宜有记,而复阙。慧以为寺之兴或有所待,而文章终不可无;故汲汲求其寺之故⑬,欲余有所记述,其志非特区区一堂而已。余既无所于考,独璇事于所闻较著,是以识之。且以为彼非托于此,亦不能以传也。

夫文章为天地间至重也。自大中讫今七百十有九年,世变多矣,而寺尝存。盖无废而不兴,而文章之传独少也。慧其知所重也哉!

【注释】

①甫里:即明代长洲县甫里镇,今江苏苏州市吴中区甪直镇。

②天随先生:陆龟蒙(?~约881),字鲁望,号天随子、甫里先生、江湖散人,唐代文学家。曾任苏州、湖州从事,后隐居甫里。

③保圣教寺：即保圣寺，位于今江苏苏州市吴中区甪直镇，归有光下文说寺庙建于唐代大中（847~859）年间，宋代熙宁六年（1073）僧人惟吉重修。据康熙年间《吴郡甫里志》记载，保圣寺始建于南朝梁天监二年（503），宋大中祥符六年（1013）惟吉重建。

④庑：泛指房屋。

⑤《法华期忏田记》：即僧人明理在元代元统二年（1334）撰写的《甫里保圣寺法华期忏田记》。

⑥轮管忏司知事：负责修忏法事务的管理人。轮管，轮流掌管。忏司，寺庙中的一个部门。知事，僧院司事务僧之总名。禅院诸役拟朝官，分两班，都寺、监寺、副寺、维那、典座、直岁诸役为东班，称此等僧为知事。比丘：佛教用语，为出家受具足戒者之通称。男曰比丘，女曰比丘尼。

⑦成化二十二年：1486年，成化为明宪宗朱见深年号。

⑧熙洽：清明和乐，安乐和睦。

⑨左善世：官名。明清僧录司职官，设左右善世各一名，正六品，分掌天下佛教事。大兴隆寺：故址位于今北京市西城区，始建于金代，初名大庆寿寺，元朝重建，明正统十三年（1448）重修，改名为大兴隆寺，1954年拆毁。

⑩四明：山名，在今浙江宁波，相传群峰之中，上有方石，四面如窗，中通日月星辰之光，故称四明山。普陀：佛教四大名山之一，位于今浙江舟山市普陀区。普陀是梵语普陀落迦的简省音译。

⑪识：记载。绍兴：宋高宗赵构的年号，1131~1162年。宝祐：宋理宗赵昀的年号，1253~1258年。

⑫嘉靖四十三年甲子：1564年，此年为甲子年，嘉靖为明世宗朱厚熜年号。

⑬汲汲：心情急切的样子。

【赏读】

此篇为保圣寺僧人法慧担心寺中安隐堂因年久而尽毁，与同堂之徒合二派为一，发誓共守安隐堂，于是请归有光为之作文。文章作于嘉靖四十三年，此时归有光已近耳顺之年，半生蹉跎，功名未就。年轻时的文章虽多清丽叙述，但分明能感到其中的波澜气韵，此时笔底之波澜在文章中已经难以寻觅，取而代之的是平淡之气。此文似乎只是客观叙述保圣寺的历代兴废，但隐隐透露出今昔之苍凉。

开篇先述保圣寺创建于唐大中年间，其西庑后为大随先生祠，此时插入一笔，讲自己少时曾游天随先生祠，在寺中寻古碑刻，多已荡然无存。古人喜好将重大事件刻于石碑上，以求永存，然而沧海桑田，在时间的洪流中，一切对永恒的追寻都是枉然。归有光又将镜头拉回成化年间，璇大章重修保圣寺，当时"殿堂七，廊庑六十"，在修缮时发现梁栱间有板，写着绍兴、宝祐的年号,由此知道前后修缮过多次,但是因为没有文字记载,也无可考证了。此处凸显了文章在克服时间流逝上的作用,为下文埋下伏笔。镜头再次被拉到现在,寺庙的西北有安隐堂,当初僧人以堂为别,如安隐堂有数十房,而今多已坍塌。归有光在镜头的切换中并未做过多的抒情和议论,但是今昔之别的苍凉在时空交错中显现得淋漓尽致。

文末归有光讲到了文章的重要,很多古迹虽然实物已毁,但因有文章而被人们知晓,此处似乎也勾连归有光自己。归有光人生已经走过大半,依然未取得功名,但他的文章却广为士林称颂。时至今日,我们再谈起归有光,很少提及他短暂的仕宦生涯,人们津津乐道的是"明文第一"的至高评价。终于,他的文章历经百年沧桑,成为不朽。

重修阙里庙记

　　隆庆三年①，阙里重修先圣庙成②。某官某，以书币走京师③，来请记于丽牲之碑④。先是⑤，嘉靖四十二年⑥，衍圣公某⑦，以庙之圮告于巡抚都御史张某，方行相度⑧，以用之不赢而止。及是年，巡抚都御史姜廷颐⑨，巡按监察御史罗凤翔、周咏⑩，与藩臬诸君⑪，会议捐岳祠之香税，与司之赎锾⑫，得一千六百，其役人则用州县过更之卒⑬，而以兖州府通判许际可董其役⑭。知府张文渊时督视之。经始于仲夏，岁尽而讫工。轮奂规模，视昔若增。左布政使某，左参政吴承煮⑮，副使吴道会，皆首为赞议者也。

　　唯先圣生于尼山⑯，讲学于泗上⑰，殁而葬于此。其地初名阙里，后亦曰孔里。先圣之殁，弟子庐其家上而不忍去⑱。鲁人从而家者，百余室。而鲁世世相传，以岁时奉祠，诸儒讲礼、乡饮、大射于其间⑲。汉高祖自淮南还⑳，过鲁，以太牢祠㉑。其后人主登封巡狩㉒，无不过而拜祠。我太祖高皇帝龙兴海内㉓，干戈未戢㉔，亟命遣祭、绍封子孙㉕，修饬其祠宇。列圣承统，世世增修。今天子隆庆之元年，御正殿传制㉖，遣官告祭。而车驾临幸太学，亲释奠㉗，命儒臣坐讲。赐三氏子孙有加。海内慕学之士，喁喁向风㉘。圣人之道，益以光大。则鲁之有司，与其有事兹土者今兹之举，固所以虔奉先圣，亦以宣明圣天子之德意，不可以不记。

夫今夫子之庙学，遍于天下。而深山穷徼㉙，皆知诵法其书。其在天之灵，无所不之也。然孟子曰："近圣人之居若此其甚也。"㉚荀子曰："学莫便乎近其人。"㉛盖孔子殁数百年矣，学者至观其庙堂车服礼器，诸生习礼其家，有低回而不能去者；固以想像于远，不若景慕于近之为切也。抑诸君子知虔奉圣人矣，亦岂徒事于其外乎？昔者子游闻诸夫子曰："君子学道，则爱人；小人学道，则易使也。"㉜夫不知学道，则施于喜怒哀乐，无一而当其则，必不能有望于安上治民，而移风易俗也。颜渊问仁，夫子告以克己复礼。及请其目，夫子则曰："非礼勿视，非礼勿听，非礼勿言，非礼勿动。"以颜子之资，犹"请事斯语"以终其身。㉝故"问为邦"，夫子以夏时、殷辂、周冕、韶、舞告之。㉞以颜子而夫子使之治天下国家，以为不可一日而离于礼乐法度之中。此即克己复礼之义也。后之学者，于视听言动，己之身不能治，何以谓之学道？故观感于圣人者，求仁为近；求仁以学颜子为近。余嘉是役之成也，敬述所闻，以申告学者云。

【注释】

①隆庆三年：1569年，隆庆是明穆宗朱载垕年号。

②阙里：孔子故里。在今山东曲阜城内阙里街，因有两石阙，故名。先圣庙：指孔庙。

③书币：指礼单和礼品。

④丽牲：古代祭祀时将牲畜拴在石碑上，也借指石碑。丽，系，缠绕。

⑤先是：在此之前。多用于追述往事。

⑥嘉靖四十二年：1563年，嘉靖是明世宗朱厚熜的年号。

⑦衍圣公：孔子后代的封号，此封号宋至和二年（1055）由宋仁宗赐给孔子第四十六代孙孔宗愿，自此"衍圣公"由孔子后人承袭至1935年，共800余年。

⑧相度：观察估量。

⑨姜廷颐：字以正，号蒙泉，巴陵（今湖南岳阳）人，嘉靖二十三年（1544）进士，官至兵部侍郎。

⑩罗凤翔：（？~1580），历任监察御史、都察院右佥都御史、右副都御史。周咏：河南延津人，嘉靖四十一年（1562）进士，历任卫县知县、福建监察御史、都察院右佥

都御史、兵部右侍郎兼佥都御史、蓟辽总督。

⑪藩臬（niè）：明代布政使司和提刑按察使司的连称。

⑫司：官署。赎锾（huán）：赎罪的银钱。

⑬役人：供役使的人。过更：徭役制度的一种规定，应服役的人出钱入官，由官另雇他人代为服役。

⑭兖州府：在今山东济宁。董：主持，主管。

⑮吴承恩：苏州吴县（今江苏苏州）人，嘉靖三十二年（1553）进士。

⑯先圣：指孔子。尼山：山名。在山东曲阜市东南，连泗水、邹城界。《史记》称孔子父叔梁纥、母颜氏祷于此而生孔子。故孔子名丘，字仲尼。

⑰泗上：指泗水之滨。

⑱庐：古人为守丧而构筑在墓旁的小屋。

⑲乡饮：古代嘉礼之一，指乡饮酒礼。大射：为祭祀择士而举行的射礼。

⑳汉高祖自淮南还：指前196年淮南王英布叛乱，刘邦亲征。

㉑太牢：古代祭祀，牛、羊、豕三牲皆备谓之太牢。

㉒登封：登山封禅，指古代帝王登泰山祭天祭地。巡狩：天子出巡视察。

㉓太祖高皇帝：明太祖朱元璋（1328~1398），濠州钟离（今安徽凤阳东北）人，幼名重八，参加农民起义后改名元璋，字国瑞，明朝开国皇帝。

㉔戢（jí）：收藏兵器，引申为停止战争。

㉕绍封：袭封。汉高祖刘邦首次封孔子第九代孙孔腾为"奉祠君"，此后历代对孔子后人都有封赐。

㉖制：帝王下的命令。

㉗释奠：古代在学校设置酒食以奠祭先圣先师的一种典礼。

㉘喁喁：仰望期待。

㉙穷徼：荒远的边境。

㉚"然孟子曰"句：语出《孟子·尽心下》："由孔子而来至于今，百有余岁，去圣人之世若此其未远也，近圣人之居若此其甚也，然而无有乎尔，则亦无有乎尔。"

㉛"荀子曰"句：语出《荀子·劝学》。便，便利。

㉜"昔者子游闻诸夫子曰"以下四句：语出《论语·阳货》："子之武城，闻弦歌之声。夫子莞尔而笑，曰：'割鸡焉用牛刀？'子游对曰：'昔者偃也闻诸夫子曰："君子学道则爱人，小人学道则易使也。"'子曰：'二三子！偃之言是也。前言戏之耳。'"子游，即言偃，字子游，孔子弟子。

㉝"颜渊问仁"十句：事见《论语·颜渊》："颜渊问仁。子曰：'克己复礼为仁。一日克己复礼，天下归仁焉。为仁由己，而由人乎哉？'颜渊曰：'请问其目。'子曰：'非礼勿视，非礼勿听，非礼勿言，非礼勿动。'颜渊曰：'回虽不敏，请事斯语矣。'"颜渊：名回，字子渊，孔子的弟子。

㉞"问为邦"二句：事见《论语·卫灵公》："颜渊问

为邦。子曰：'行夏之时，乘殷之辂，服周之冕，乐则《韶》《舞》。放郑声，远佞人。郑声淫，佞人殆。'"行夏之时，即用夏朝的历法。乘殷之辂，即乘坐商代的车。商代的车纯以木制，较为朴素，周代则以金玉饰之。服周之冕，即祭祀时戴周代的帽子。《韶》，虞舜时的乐舞，因分为多个段落，又称《大韶》《九韶》《九歌》。"舞"通"武"，《武》又称《大武》，乐舞名，歌颂武王伐纣的功绩。

【赏读】

此文是一篇碑记。隆庆三年（1569），孔子故里重修孔庙完工，负责此事的官员请归有光为之作记。文章先交代重修孔庙一事的来龙去脉。六年前，孔子的后人因孔庙年久破旧坍塌而申请重修，因经费不够作罢。直到隆庆三年，巡抚都御史姜廷颐等人募得费用，耗时近一年时间，修缮完成。之后文章讲历代皆重视儒家礼教，孔子去世后鲁人世世供奉，刘邦征淮南后就到此祭祀孔子，之后世代君王封禅、巡视，无不拜祭。在明代，太祖朱元璋立国不久便封赐孔子后人，修缮庙宇。隆庆伊始，明穆宗朱载垕便祭祀孔子，临驾国子监，体现了以儒学礼乐治国的思想。最后一段以修缮孔庙发为议论。孔子之庙遍布天下，离其近者耳濡目染受到儒学熏陶，但距离远的就不会如此景慕儒学。难道修习圣人之道仅仅停留在外在吗？学习儒学，目的是涵养道德，锻炼心性，其外在的方式是礼乐制度，只有涵养道德心性，治国为官才能符合道德标准。这样的观点在今天看来或许有些迂阔，但儒家的理论是建立在性善论的基础上提出的，认为每个人通过修习涵养，都可以使心中的善显现，这反映出了儒学对人性的肯定。

顾原鲁先生祠记

前元之季①,昆山有隐君子,曰顾原鲁先生②。居于海滨,读书学道,不求闻于时。端居一室,凭几而坐③,所当两臂处,遗迹宛然。手自批注经、史。后其家惧祸,悉毁不传。然而海滨之父老,至今能言之。

四传而至其孙启明④,今为太仓人,稍徙至郡城⑤。有子存仁⑥,举进士,为礼科给事中,得推封其父⑦。寻以言事忤旨,被谪居庸关之外⑧,久之得还吴。给事既被废家居,尤喜考论先世故事。而郡太守历下金侯城⑨,颇采父老之言。又以封君之敦尚诚朴⑩,足以风励末俗⑪,乃檄令列祠于郡学若州之乡贤祠。复于齐门外卧佛寺之东偏建祠⑫,而以封君从祀;以为近其家,可以岁时致祠事焉。给事谓余具知始末,而请记之。

余惟古之人遭时际会⑬,佐世主,功施于天下,而垂名于竹帛,后世之所称述,往往为此。至于岩穴幽栖之士,虽长往不返,亦必因时主侧席之求⑭,弓旌玉帛，贲于丘园，世始得以称述其名。若夫许由、卞随、务光之徒⑮，以与人主以天下相揖让，此宜其彰彰较著矣。而谷口郑子真、蜀严君平⑯，皆修身自保。扬雄少从君平游⑰，已而仕京师显名，数为朝廷在位者称此二人。故能耕于岩石之下，而名震于京师。由此而言，非此数者，虽没世无称也。

而又有不然者。古之君子，修身学道，宁憔悴于江海之上而不顾。彼非有求于世者，然约而愈显，晦而益彰，逃名而名随之。传记之所载，不可胜数。无求于世，而世亦不容不知之，此奚必有所待耶？若原鲁先生，没于海上，至于今二百年，而其幽始发。则士之修德砺行者，何忧后世之不闻耶？郡太守表章之意微矣。

祠凡为堂寝庑门若干楹，经始于嘉靖三十年十月某日⑱，落成于嘉靖三十二年十有一月某日。是为记。

【注释】

①前元之季：指元代末年。

②顾原鲁先生：顾愚，学者称其为原鲁先生，昆山人。隐居海滨，终身布衣。

③凭几：凭靠几案。

④启明：顾启明，字时显，号海隐公，顾愚四世孙。

⑤郡城:指苏州。

⑥存仁:顾存仁(1502~1575),字伯刚,号怀东,顾启明之子。嘉靖十一年(1532)进士,历任余姚知县、礼科给事。嘉靖十七年(1538)因上疏言事谪塞外。隆庆元年(1567)复起,官至太仆寺丞。

⑦推封:朝廷命官的父母妻子可以获得封号。

⑧居庸关:长城重要关口,在今北京市西北。建于两山夹峙的深谷中,形势险要,为北京通往内蒙古的主要通道,自古为兵家必争之地。

⑨历下金侯城:金城,历城(今山东济南)人,嘉靖十七年(1538)进士,曾任苏州府知府。侯,对县令、知府的尊称。

⑩封君:指顾启明。敦尚:推崇。

⑪风励:用委婉的言辞鼓励、劝勉。末俗:低下的世俗。

⑫齐门:苏州北城门。

⑬惟:思考。遭时际会:遇到适当的机遇。

⑭侧席之求:侧着身子以待贤者。

⑮许由:尧时的隐士。尧欲让天下给许由,他坚决不受。尧又让他担任九州长官,他跑到河边洗耳朵,认为这些话污染了他的耳朵。卞随、务光:商汤王曾让天下给他们二人,二人均投水自杀。

⑯谷口郑子真:郑朴,字子真,居谷口(今陕西礼泉

县)。汉成帝时大将军王凤以礼相聘,不应。蜀严君平:严遵,字君平,西汉隐士,卖卜于成都。每日赚够生活所需费用后,便不再卜筮,专心研究《老子》。

⑰扬雄:(前53~18),字子云。西汉文学家、哲学家、语言学家。蜀郡成都(今属四川)人。汉成帝时为给事黄门郎。王莽称帝后,校书天禄阁,官为大夫。

⑱嘉靖三十年:1551年,嘉靖为明世宗朱厚熜的年号。

【赏读】

元朝末年烽烟四起,顾原鲁先生隐居海滨,专心读书,不求闻达。其后人顾存仁因上疏言事被贬居庸关之外,很多年后才回到吴中,以考论祖上事迹为乐。苏州知府金城知晓顾原鲁先生的事迹,于是下令为他修祠建像。归有光此时四十八岁,居昆山,知道事情的经过,于是顾存仁便请归有光写下此文。

归有光认为青史留名的人可以分为两种。一种是出仕,辅佐君主,建功立业。一种则是隐居之人,怀有才学,君主给高位甚至揖让天下而不受,或者借名重天下者之口而扬名。这两种人虽书于简帛、记录于史册,但却都是"有所待"。在此二者之外还有一种,修身学道,不求闻名,可偏偏越隐越显,因为他们德性光大,桃李不言而下自成蹊。顾原鲁先生就是如此,他去世二百年至今,他的伟大人格在时光的洗礼下,反而愈加璀璨。

文章后半部分关于垂名青史的议论并不是在告诉人如何扬名，而是说真正不朽的人，并不依靠濡迹仕途，而是依靠高洁的品性。归有光在记述声名不显的人物时总能发掘幽微，这与他本人长期布衣蹉跎有关。他也坚信自己人格的伟岸，远远胜过名利显达。果然，震川先生的名字成为不朽，他的道德、文章直至今天依然闪耀。

常熟县赵段圩堤记

虞山之下①,有浸曰尚湖②。水势湍激③,岸善崩④。湖堧之人⑤,不能为田,往往弃以走。有司岁责其赋于余氓⑥。而赵段圩当湖西北⑦,尤洼下,被患最剧。宋、元时故有堤,废已久。前令兰君尝与筑之⑧。弘治间⑨,复沦于大水。嘉靖丁酉⑩,予宗人雷占为己业⑪,倾赀为堤。堤成,填淤之土,尽为衍沃⑫。而请记于予。

嗟夫!自井牧沟渠之制废⑬,生民衣食之地,残弃于蒿莱之间者,何可胜数?有司者格于因循积习之论⑭,委天地之大利;斯民愁苦哀号,侧足于寻常尺寸之中;率拱手熟视,不能出一议,而漫谓三代至于今,其已废者皆不可复。

夫未尝拖晷刻之功⑮,而徒谞曰"不可复",予疑其说久矣。观雷所为,其力易办,而功较然者⑯。然更数十令,独兰侯能之⑰。至兰侯之业败,已又四十余年为沮洳之场⑱,莫有问焉者,何也?天下之事,其在人为之耶!事有小而不可不书者,此类是也。

【注释】

①虞山:位于今江苏常熟,相传周太王之子虞仲葬于此。

②浸:湖。尚湖:位于今江苏常熟。

③湍激:水流猛急。

④善:容易,易于。

⑤湖壖(ruán):湖边。壖,城郭旁、宫殿庙宇外或河边的空地。

⑥赋:赋税。余氓:指未弃田而走的百姓。

⑦圩(wéi):低洼地区防水护田的堤岸。

⑧兰君:指兰玉,字廷璋,曾官常熟县令。成化十一年(1475),兰玉上书请重修赵段圩。

⑨弘治:为明孝宗朱祐樘的年号,1488~1505年。

⑩嘉靖丁酉:1537年,嘉靖十六年。

⑪予宗人雷:指归雷,字素琴,常熟地方豪绅,为抵御倭寇在常熟城外筑归家堡。宗人,同族之人。

⑫衍沃:平坦肥美的土地。

⑬井牧沟渠之制:指井田制。

⑭有司:官吏。格于:限于。

⑮晷(guǐ)刻:片刻。

⑯较然:明显貌。

⑰兰侯：指兰玉。侯，对县令的尊称。
⑱沮洳：低湿的泥潭。

【赏读】

此篇先交代常熟县重修赵段圩的来龙去脉。虞山下的尚湖水流湍急，两岸百姓苦于湖岸易崩，多弃田离乡。即使如此，官府依然对留下的百姓催逼赋税。赵段圩在尚湖西北，苦水患已久，宋元时的旧堤早已荒废，成化年间兰玉为县令时曾筑赵段圩堤，如今也已经破败。嘉靖十六年，乡绅归雷出资修复赵段圩，堤成，请归有光为之作文。文章至此便发为议论，且并非以歌功颂德为主，而是转为对百姓的同情和对统治者的痛斥。百姓生存所依靠的土地，残弃于荒草间的不知道有多少。百姓痛苦哀嚎，官员"拱手熟视，不能出一议"。对比之间，生民之哀、官吏之昏、作者之怒，脱出于纸上。最后一段按惯例当称扬归雷修堤之功，然而归有光至此怒气未消，斥责当权者："然更数十令，独兰侯能之。至兰侯之业败，已又四十余年为沮洳之场，莫有问焉者，何也？"直指官吏的昏庸不作为，发出天下之事皆在人为的呼喊。

昆山县新仓兴造记

昆山旧玉峰仓，在西门之外，漕挽之积在焉①。每岁税入，漕卒悉至于此领兑②，民间所谓西仓也。济农仓在南门之河，常平之粟在焉③。岁之丰凶④，以为发敛。民之所谓南仓也。《县志》云："二仓，盖巡抚周文襄公所改创云⑤。"然济农之庾，其空已久。顷者倭奴之警⑥，乃以城西之积归之，而济农仓遂改为玉峰仓。

鹤庆彭侯⑦，以进士知昆山，因仓故址，加恢拓之。东至于公馆若干步，始以囷廪攒植⑧，致郁攸之变⑨。于是惩艾前患⑩，兴造新仓。中为官厅，左右互列凡若干楹。一岁四十一万四千五百石之粮，悉储于此。蕞尔小县，可谓"如茨如梁，如坻如京"矣⑪。

是役也，以民之掌税者，量其所掌之多寡，区别以赋工。以故上不费于官，而下不及于民，浃旬而役用告成⑫。观者叹息，以侯之才敏，而吾民之易使也如是。抑古者垣窌仓庾之设⑬，以治年之丰凶。凡万民之食，待施惠，恤艰厄，养孤老而已。国家因前代常平义仓之法，有四仓之制，而历世经纪豫备，见之纶音者⑭，不一而足。而因仍废坠已久。彭侯承兵荒之余，诏书趣办，义不得不先公家之急。虽有爱民之心，宜亦未及乎此。而济农之名，不可以没也。是用并识之。侯名富。为县清廉勤勚⑮，敏于造事。即此亦可以概见矣。是岁嘉靖四十三年，岁次甲子，某月日仓成。九月某日记。

【注释】

①漕挽：指水运和陆运。

②漕卒：运漕粮的士兵。

③常平：古代一种调节米价的方法。筑仓储谷，谷贱时增价而买进，谷贵时减价而卖。

④岁之丰凶：指年景丰收或灾荒。

⑤周文襄公：周忱（1381～1453），字恂如，江西吉水人，二十四岁中进士，补翰林院庶吉士，第二年进学文渊阁，受到明成祖"见事敏捷，可堪重任"的赞誉，数年后，升为刑部主事，进员外郎。宣德五年（1430）担任工部右侍郎，奉命巡抚江南，总督税粮。

⑥顷者：近来。

⑦彭侯：彭富，字仲礼，云南鹤庆人。嘉靖四十一年（1562）进士，授昆山知县，入为户、兵二部主事，出守绍兴府，历贵州参政按察使，转四川布政使，多有德政。

⑧囷(qūn)廪:粮仓。攒植:密集种植。
⑨郁攸之变:指火灾。
⑩惩艾:谓吸取过去教训,以前失为戒。
⑪如茨如梁、如坻如京:语出《诗经·小雅·甫田》:"曾孙之稼,如茨如梁。曾孙之庾,如坻如京。"意思是庄稼堆得高高,就像屋顶和桥梁。粮仓装得满满,就像小丘和山冈。
⑫浃旬:一旬,十天。
⑬垣窌(jiào):指储粮处。
⑭纶音:帝王诏令。
⑮勤勚(yì):辛劳。

【赏读】

此篇作于嘉靖四十三年(1564),归有光时年五十九岁。文章以昆山玉峰、济农二仓的由来与变迁写起,进而引出新仓兴造之事,承接自然,过渡巧妙。归有光开篇所引县志对二仓由来的记载,用意颇深,而非可有可无之笔。明代江南田赋甚重,百姓苦不堪言,人口多有流亡,至宣德五年(1430),仅苏州府便积逋至八百万石,周文襄公忱奉命巡江南诸府,总督税粮,他深入民间调查,与苏州知府况钟共同促进经济改革,整饬田税率,为民减负,又创"平米法""济农仓",平均赋役,赈济贫民。然而到了百余年后归有光所处的时代,昔日光景早已不见，自周忱去郡后，"济农之庾，其空已久"，何时能将其再度经营起来？我们不禁感受到了归有光的无奈与叹息。而知县彭富便是拓建这仓廪之人，彭富乃嘉靖壬戌（1562）进士，受昆山知县，为人宽和，清廉实干，他兴建新仓，储蓄粮食，让空废已久的仓庾重新为民所用，有功德于民，故归有光为文以记。"抑古者垣窌仓庾之设，以治年之丰凶。凡万民之食，待施惠，恤艰厄，养孤老而已。"年谷不丰时百姓多困乏，在归有光看来，彭富建仓储粮可备年之凶荒与民之不时之需，是造福百姓的善举，可见归有光所关心的是民生福祉，所渴望的正是这样的恤民之吏与惠民之政。

此文结构严谨，言辞精练，朴实而不失文采，平静而不失深刻。归有光以一个文人的独特方式赞扬着这些恩惠昆山百姓的人与事，使之流芳千古，激励后人。只因他以天下兴亡为己任，拥有情系昆山的赤子之心。

长兴县令题名记

长兴为县,始于晋太康三年,初名长城①。唐武德四年、五年②,为绥州、雉州。七年,复为长城。梁开平元年③,为长兴。元元贞二年④,县为州。洪武二年⑤,复为县。县尝为吴兴属,隋开皇、仁寿之间⑥,一再属吾苏州⑦。丁酉之岁⑧,国兵克长兴⑨,耿侯以元帅即今治开府者十余年⑩。既灭吴⑪,耿侯始去,而长兴复专为县⑫。至今若干年矣。遡县之初建为长城,若干年矣;长城为长兴,又若干年矣。旧未有题名之碑。余始考图志⑬,取洪武以来为县者列之。

呜呼!彼其受百里之命⑭,其志亦欲以有所施于民,以不负一时之委任者,盖有矣。而文字缺轶,遂不见于后世。幸而存者,又其书之之略,可慨也。抑其传于后世者既如彼,而是非毁誉之在于当时,又岂尽出于三代直道之民哉⑮?夫士发愤以修先圣之道,而无闻于世,则已矣。余之书此,以为后之承于前者,其任宜尔;亦非以为前人之欲求著其名氏于今也。

【注释】

①长兴为县：长兴县今属浙江湖州，晋武帝太康三年（282）设县，属吴兴郡。因城狭长，故初名长城。

②唐武德四年：621年。武德为唐高祖李渊年号。

③梁开平元年：907年。开平为后梁太祖朱温的年号。朱温之父名朱诚，同音避讳，遂改"长城"为"长兴"。

④元元贞二年：1296年，元贞为元成宗铁穆耳的年号。

⑤洪武二年：1369年，洪武为明太祖朱元璋的年号。

⑥开皇、仁寿：隋文帝杨坚的年号。开皇，581～600年。仁寿，601～604年。

⑦一再：一次以后再加一次。

⑧丁酉：即元至正十七年，1357年。

⑨国兵：指朱元璋的军队。

⑩耿侯：耿炳文（1333～1403），濠州（今安徽凤阳）人，随朱元璋起义，明代开国功臣，洪武三年（1370）封长兴侯。开府：古代高级官员开设府署。

⑪吴：指张士诚。张士诚为元末起义军首领，1357年降元，1363年自称吴王，1367年朱元璋攻克平江，俘获张士诚。

⑫长兴复专为县：耿炳文攻下长兴后，朱元璋将其改名长安州，后又复名长兴县。

⑬图志：图籍、方志。

⑭百里之命：国君的政令，百里指诸侯国。这里指县令这个官职。

⑮直道：正直。

【赏读】

　　此文写于归有光长兴县令任上，撰后即刻于石碑，碑上除此文外，另刻洪武以来历任长兴县令之姓名。清光绪年间时人将石碑倒置，利用此碑反面刻《奉宪禁革碑》。此碑现存长兴太湖博物馆，受损严重，碑文大多模糊难辨，唯"十月十日，吴郡归有光撰，淮阴吴承恩书"清晰可见。隆庆元年（1567）吴承恩任长兴县丞，此时归有光中进士后也正在长兴县令任上，两人共事一年左右。共事期间，归有光遭到另一名县丞张元一的构陷，吴承恩也被排挤，次年归有光离任，吴承恩也辞职了。虽然二人共事时间不长，但彼此钦佩欣赏，二人合作碑文三篇，此即其中之一。

　　归有光六十岁时终于得中进士，但限于考试名次，只得出任长兴县令。县令任上，归有光着手整理当地文献材料，考索历任县令名讳，遂成此文。他认为县令"其志亦欲以有所施于民，以不负一时之委任"，这也是归有光自己的内心独白，虽然官职卑微，但依然想努力为百姓做出贡献。他由己及彼，觉得这样忠于职守的人不该湮没在时间的洪流中。他又进一步思考，那些当时诋毁他们的人，又真的能做到客观评判吗？话语权未必会在君子手中。似有所指，引人感慨。

长兴县城隍神灵应记

凡他郡县城隍之神，民奔走赛祀特盛，长兴则否①。余至之日，像塑剥落，侍从跛倚壁间②，祠门外，右即为溷湢③，前有司月朔望一至④，未尝问焉。然神俨然靓居⑤，无淫渎者⑥，则余以为长兴城隍之神独尊于他县也。

余颇为葺神居之圮坏，绘饰塑像，除前之秽。然神像特伟丽尊严如王者。祠前古柏二株，苍翠挺直可爱。其左一株，右纽如绞索⑦，尤奇。真栖灵之地。余于县数决大狱，即心开⑧，类神有以告之⑨。每闾里有奸⑩，辄不时发。故余于事神尤虔。

会大旱，自五月至于六月，不雨。县有方山⑪，自太湖西南望，最为雄高。上有黑龙湫⑫，冬夏水不竭。民言先时祷雨，多应。余遂往至山下，欲上山。民皆叩头言："山陡险不可上，先至此祷雨，皆望祀⑬，无登者。"余曰："为祷雨来，畏险，非诚也。"又曰："赤日烈甚，无草木之蔽。徒步上下，近三四十里，喝不可登也⑭。"余曰："为祷雨来，畏暍，非诚也。"遂披荆棘而行，或侧径仅置半武⑮。过小龙洞，洞亦有湫。又上，乃至大龙洞。两石罅上阖下开⑯，如佛龛，高可四五丈。湫广数尺，其中甚清凉。因拜祭，有物蜿蜒俎间。山既益高，则尽见阳羡诸山⑰，涌出如层波叠浪。而东北望太湖如镜，隐隐见姑苏之台⑱。已下，方盛暑烈日，天无纤云。还至神前，拜致所取龙洞之水，方出庙，大雨如注。四境沾足，绿畴弥望。万众欢呼，以为神之报答如响也。至秋中，又旱。余复至山祷，已下半山，即雨。虽不能如前沾足⑲，而玄云暧䀽⑳，四野时有雨至。是岁竟免旱灾。

会余改官㉑，欲去县，明日将辞于神。幼子夜梦神与之言："吾黻与胡靴敝㉒，又无船。"时余绘神像，盖圬者以神下体近几㉓，故仍前漫漶㉔，欺余不见也。至明，问之道士，果然。又吾乡神祠上，常有画船悬梁。余问："此神庙何不类吾苏州有画船悬？"道士对曰："故有之，今坏不悬也。"余遂捐赀令复绘神下体，与悬画船。

余寻往临安。而郡倅有恶余者㉕，计得县篆。即日以两戈船冒风雨夜至县㉖，欲捃拾以为罪㉗。见人辄搒掠㉘，县中大惊。一日，倅忽梦神指其胸。明日，疡发于胸，死矣。

余欲为勒石于庙，会行不果。然自离县，常往来于怀㉙。噫！使人皆得逞其一时之凶暴以害人，则人道灭矣，赖神明之昭然者如此！君子之守道循理，遭世之汹汹㉚，其亦犹有所恃也耶！余既书此，因贻后之代者。倘与余同志，必为勒石于祠下，以著神之灵验焉。

【注释】

①长兴：长兴县，今属浙江湖州，位于苏州与杭州之间的太湖西南岸，归有光曾在此为县令。

②侍从：指城隍神像旁边的侍从神像。跛倚：站立歪斜不正，倚靠于物。

③溷濞（hùn bì）：厕所。

④前有司：指前任长兴县令。朔望：朔日和望日，旧历每月初一和十五日。

⑤靓：通"静"，幽静，安静。

⑥淫渎：超越分际而亵渎轻慢或淫乱放荡。

⑦纽：同"扭"，扭转，扭结。

⑧心开：心灵开悟。

⑨类神：旧时迷信卜课中所用的"十二支神"的总称。

⑩闾里：里巷，平民聚居之处。

⑪方山：位于今浙江长兴县西四十里。

⑫黑龙湫：又名龙潭，位于方山顶。湫，水潭。

⑬望祀：望着山祭祀。

⑭暍（yē）：暑热。

⑮侧径：小路。武：古人以五尺为步，半步为武。

⑯石罅：石头的缝隙，指狭谷中的小道。

⑰阳羡：宜兴的古称，今江苏宜兴。

⑱姑苏之台：亦作姑胥台。在苏州城西姑苏山上，相传为吴王夫差所筑。

⑲沾足：谓雨水充足。

⑳玄云瞹靆（ài dài）：乌云密布。瞹靆，形容浓云蔽日。

㉑会余改官：隆庆二年（1568）六月，归有光自长兴县任迁顺德府马政通判。

㉒韨（fú）：古代作祭服的蔽膝，用熟牛皮做成的大巾。胡靴：指神像的靴子。敝：破烂，破旧。

㉓圬（wū）者：指修缮神像的工匠。圬，涂饰墙壁。几：几案。

㉔漫漶：模糊不可辨。

㉕郡倅有恶余者：指黄通判，他设法取得归有光官印，罗列归有光罪名。倅，副职。

㉖戈船：古代战船的一种。

㉗捃（jūn）拾：拾取，收集。

㉘搒（péng）掠：鞭笞，拷打。

㉙往来于怀：萦绕于心中。

㉚汹汹：争吵不休，纷扰不安。

【赏读】

此篇写于隆庆二年（1568）归有光自长兴县调任顺德府后。此文看似是记神灵感应的颂神之作，实则贯穿着归有光在长兴县任上受到排挤打压后的无奈。文章先述归有光初至长兴时发现城隍庙破败不堪，鲜有香火，甚至旁边就是厕所。归有光于是开始修缮城隍庙，绘饰塑像，神庙方露威严之气。此后，城隍也颇为灵验，文章重点叙述了祈雨一事。在归有光将要调任时城隍在梦中告诉他神像漫漶污秽，归有光醒后前去，果如其言。文中所述的城隍虽然十分灵验，但却遭到百姓冷落，直到归有光到来才对其重视起来，显然归有光将自己怀才不遇的遭遇投射到城隍身上。文中还插叙了归有光遭到黄通判等人陷害的事情。归有光在长兴县任上遭到地方豪门大族的诬陷，连一同为官的黄通判、张县丞等人也趁他外出夺取县印、罗织罪名。城隍在这时又一次惩罚了奸恶，黄通判疡发于胸而死。但最终由于他人构陷，归有光不得不离开长兴县，赴顺德府通判任管理马政，仓促之间甚至没能为城隍立一块石碑，只得撰写此篇将这个愿望留给后人。

光禄署丞孟君浚河记

吴淞江承太湖之水，蜿蜒东下，三百里入海。左右之浦如百足①。江自甫里折而北行②，至昆山全吴乡，东为渚浦。又为帆归浦，斜折而南，入于渚浦。江复东，而浦之南出者，其东为张浦，又东为顾仙浦，又东为诸天浦，又东为同丘浦，又东为新塘，皆南入于渚浦。若为塘，为溇③，为泾，为浜，凡在其间者，此光禄署丞孟君规其乡所浚之水④，江东南岸之地也。自新塘东，则江又南折，非孟君之乡矣。君居家好义，岁捐赀⑤，以为民兴利。至是大旱，又捐赀尽浚诸水之在其乡者。当此时，邑民告饥，而全吴半乡独丰熟。其父老感君之义，请记其事。

夫三吴⑥，江海之介⑦，而群山之水又奔注于其间为大浸⑧，所谓太湖也。太湖分迆而出，以入于海，若以人力沟防疏导，则无不治之田，而水旱不能为患害。盖湖水自西而下，而海之潮自东而上，清流不能胜浊泥之滓，故水不可一日不浚也。嘉靖初，朝廷尝遣大吏来治，今四十年不治矣。古之三江⑨，其二不可考，今惟吴淞一江，仰接太湖之水。古者江狭处，犹广二里。今自下驾以来⑩，仅仅如线，而茭蒲葭菼生其中⑪。下流入海之跄口⑫，不复通矣。千墩⑬、新洋⑭、黄浦，皆乱流也，水道何由而顺乎？故江左右之浦在东者，但见止水蕴藻⑮，而姑苏以东，秀州以北百里间⑯，其田皆不耕。吾恐又数年，江口涸而西，而湖水益横流，东南之民将不食也。孟君居一乡，能兴其乡之水利；则夫受司牧之寄者，独可以辞其责耶？

君名绍曾，字守约。以太学上舍为大官丞⑰。所浚河三十有四，二万七千六百九十四丈。为工四万九千六百，用谷十有三万九千斤。是用勒石⑱，以告来者。

【注释】

①浦：注入大河的川流。

②甫里：明代长洲县甫里镇，今江苏苏州市吴中区甪直镇。

③溇：沟渠。

④光禄署：明清两朝中央俱设光禄寺，置寺卿、少卿、寺丞等官职，掌管祭享、宴劳、酒醴、膳馐之事。孟君：孟绍曾，字少鲁（此篇归有光云孟绍曾字守约，或为笔误），号守约，明代昆山人。选光禄寺丞，隆庆初陪祀茂陵，以疾

免,五十五岁时卒。

⑤捐赀(zī):私人出资金资助公共事业。

⑥三吴:泛指吴地。

⑦江海之介:江海的间隔。

⑧浸:湖。

⑨三江:《尚书·禹贡》:"三江既入,震泽厎定。"震泽即太湖。关于三江众说纷纭,归有光认为"三江"为扬子江、吴淞江、钱塘江。

⑩下驾:指夏驾河。吴淞江流经昆山城以东的一段,为下界浦。明朝户部尚书夏元吉引下界浦入娄江以分水势,得以通畅,从此下界浦被改名为"夏驾河"。

⑪茭蒲葭菼(tǎn):指水草。菼,初生的荻。

⑫跄口:吴淞江的入海口。

⑬千墩:千墩浦,即今江苏昆山千灯浦。

⑭新洋:新洋江,吴淞江支流,在今江苏昆山。

⑮蕴藻:水草。

⑯秀州:治嘉兴(今属浙江)。辖境相当于今浙江杭州湾以北(海宁市除外)、桐乡市以东地区及上海市吴淞江以南地区。

⑰太学:即国子监,国家最高学府,明人常以太学、成均等古称称之。明代在北京与南京各设国子监,分别称北监、南监。上舍:宋代大学分外舍、内舍和上舍,学生可按一定的年限和条件依次而升。明清以"上舍"为监生的别

称。大官丞：明代为光禄寺次官，从七品。

⑱是用：因此。

【赏读】

太湖古称震泽，是我国第三大淡水湖，由于地底水高，向外排泄不畅，因此遇到大雨，众水汇集，水位上涨，很容易形成水患。归有光生长于太湖之滨，受儒家经世思想影响的他自然关心国计民生，太湖水利便是他心系之事。归有光查阅了大量历史文献，又进行了广泛的实地考察，先后写成《水利论》《三江图叙说》《江下三江图序说》《论三区赋役水利书》等。

嘉靖二十五年（1546）归有光选取前人水利专论，又杂以自己所写的水利文章，编成《三吴水利录》一书，意在解决三吴水患。归有光认为吴淞江是解决太湖水患的关键，为此他多次论证《尚书·禹贡》中所谓"三江既入，震泽底定"的"三江"其中之一就是吴淞江。他在《水利论》中说道："余以为治吴之水，宜专力于松江。松江既治，则太湖之水东下，而余水不劳余力矣。"

此篇所述孟绍曾出资疏浚吴淞江事，与归有光治水理念相吻合，故乡里父老请他为之作文，归有光欣然命笔。文章先述吴淞江之地貌，接着就交代了作文缘由，即孟绍曾捐赀为民兴利，疏浚河道，因此全吴乡在大旱时得以丰收，父老感恩孟君，遂请归有光记其事。之后一段文字，其实交代了归有光自己的治水理念，先讲太湖水利的重要，"若以人力沟防疏导，则无不治之田，而水旱不能为患害"。其后便述吴淞江为《禹贡》所谓"三江"之一，其于太湖水利之重要不言而喻，但如今却河道淤塞，水草丛生，孟绍曾能为其乡里疏浚河道，实在功德无量。

世美堂后记

余妻之曾大父王翁致谦①,宋丞相魏公之后②。自大名徙宛丘③,后又徙余姚。元至顺间④,有官平江者⑤,因家昆山之南戴,故县人谓之南戴王氏。翁为人倜傥奇伟。吏部左侍郎叶公盛⑥,大理寺卿章公格⑦,一时名德,皆相友善,为与连姻。成化初,筑室百楹于安亭江上,堂宇闳敞,极幽雅之致。题其扁曰世美。四明杨太史守阯为之记⑧。

嘉靖中,曾孙某以逋官物鬻于人⑨。余适读书堂中。吾妻曰:"君在,不可使人顿有黍离之悲⑩。"余闻之,固已恻然。然亦自爱其居闲靓,可以避俗嚣也,乃谋质金以偿鬻者;不足,则岁质贷⑪。五六年,始尽雠其直⑫。安亭俗呰窳,而田恶⑬。先是县人争以不利阻余。余称孙叔敖请寝之丘,韩献子迁新田之语以为言⑭。众莫不笑之。余于家事,未尝訾省⑮。吾妻终亦不以有无告,但督僮奴垦荒莱,岁苦旱而独收。每稻熟,先以为吾父母酒醴⑯,乃敢尝酒。获二麦⑰,以为舅姑羞酱[18]，乃烹饪，祭祀宾客婚姻赠遗无所失。姊妹之无依者悉来归，四方学者馆饩莫不得所[19]。有遘悯不自得者[20]，终默默未尝有所言也。以余好书，故家有零落篇牍[21]。辄令里媪访求，遂置书无虑数千卷。

庚戌岁[22]，余落第出都门，从陆道旬日至家。时芍药花盛开，吾妻具酒相问劳。余谓："得无有所恨耶？"曰："方共采药鹿门[23]，何恨也？"长沙张文隐公薨[24]，余哭之恸，吾妻亦泪下，曰："世无知君者矣。然张公负君耳[25]！"辛亥五月晦日[26]，吾妻卒。实张文隐公薨之明年也。

后三年，倭奴犯境，一日抄掠数过，而宅不毁；堂中书亦无恙。然余遂居县城，岁一再至而已。辛酉清明日[27]，率子妇来省祭[28]，留修圮坏，居久之不去。一日，家君燕坐堂中，惨然谓余曰："其室在，其人亡[29]，吾念汝妇耳。"余退而伤之。述其事，以为世美堂后记。

【注释】

①余妻：指继配王氏，嘉靖十二年（1533）归有光原配魏氏去世后，嘉靖十四年（1535）王氏十八岁，嫁归有光。曾大父：曾祖父。王翁致谦：王益，字致谦。

②魏公：王旦，字子明，宋太平兴国五年（980）进士，

官同知枢密院事、参知政事,封魏国公。

③大名:宋代府名,治所在今河北省大名县东。宛丘:今河南睢阳。

④至顺:元文宗图帖睦尔和宁宗懿璘质班的年号,1330~1333年。

⑤平江:元代路名,治吴县和长洲。辖境相当于今江苏苏州张家港、太仓、常熟、昆山等市和上海部分地区。

⑥叶公盛:叶盛(1420~1474),字与中,号蜕庵,自号白泉,又号泾东道人、淀东老渔,昆山人。正统十年(1445)进士,官至吏部左侍郎。

⑦章公格:章格(1426~1505),字韶凤,号戒庵,江苏常熟人。景泰二年(1451)进士,官至南京大理寺卿。

⑧四明:山名,在今浙江宁波,常以之代称宁波。杨太史守阯:杨守阯(1436~1512),字维立,号碧川,鄞县(今浙江宁波市鄞州区)人。成化十四年(1478)进士,官至南京吏部左侍郎,有《碧川文选》《困学寡闻录》《浙元三会录》等。

⑨逋:拖欠。官物:官家的物品、财产。粥:同"鬻",卖。

⑩黍离之悲:指对国家残破,今非昔比的哀叹。黍离,《诗经·王风》中的篇名。悲,怜悯。

⑪岁质贷:每年典押借贷。

⑫雠(chóu):相等。直:价值,价钱。

⑬呰窳（zǐ yǔ）：懒惰，贫弱。恶：贫瘠。

⑭称：引用。孙叔敖请寝之丘（在今河南沈丘）：《吕氏春秋·异宝》载楚国令尹孙叔敖临终前嘱其子，楚王若赐地，当要土地贫瘠的寝丘（今安徽临泉），因此地无人争夺，故能长保。韩献子迁新田：《左传·成公六年》载晋国迁都，众臣主张迁至富饶的郇瑕氏的土地，唯韩厥即韩献子主张迁到新田（属今山西侯马），因其地人民从教向义，容易管理。

⑮訾（zī）省：计算、核查财物。

⑯酒醴：酒和甜酒，亦泛指各种酒。《诗经·周颂·丰年》："为酒为醴，蒸畀祖妣。"大意为将粮食酿成酒献给祖先。

⑰二麦：大麦和小麦。

⑱舅姑：公公婆婆。羞酱：美味的酱。

⑲馆饩（xì）：提供住宿与食物。

⑳遘（gòu）悯：遇到不愉快的事情。

㉑故家：世家大族。

㉒庚戌：嘉靖二十九年（1550）。时年归有光四十五岁，第四次考进士落第。

㉓采药鹿门：《后汉书·逸民列传》载庞公事，庞公与妻子相敬如宾，拒绝刘表的征召，"携其妻子登鹿门山，因采药不反"。

㉔张文隐公：张治（1488~1550），字文邦，号龙湖，茶陵（今湖南茶陵）人，正德十六年（1521）进士，累官南京

吏部尚书。薨：死亡，三品以上官员死亡可称为薨。

㉕张公负君：邬国平教授认为"负君"指张治直到去世也没实现帮助归有光考中进士的愿望。或引王锡爵《明太仆寺寺丞归公墓志铭》："岁庚子，茶陵张文毅公考士，得其文，谓为贾、董再生，将置第一，而疑太学多他省人，更置第二。"认为"负君"或指此，实非。归有光得中进士在张治去世十五年后。

㉖辛亥五月晦日：指嘉靖三十年（1551）五月三十日。晦，指一个月最后一天。归有光《王氏画赞并序》称王氏卒于五月二十九日。

㉗辛酉：指嘉靖四十年（1561）。

㉘子妇：儿子、儿媳。

㉙其室在，其人亡：语出《诗经·郑风·东门之墠》："其室则迩，其人甚远。"常用以悼亡。

【赏读】

世美堂初成时，太史杨守阯撰《世美堂记》，故归文称"后记"。归有光原配魏孺人卒于嘉靖十二年（1533）十月，嘉靖十四年（1535）再娶王氏，时王氏十八岁，知书达礼，也爱购书，二人志趣相投。王氏与归有光相知十七年，嘉靖三十年（1551）去世。其撰《王氏画赞并序》寄托哀思："余哀念之至，恨无善画者。因记唐人有云'景暖风暄，霜严冰净'，此为吾妻画也。"此文以人在堂失起,以人逝堂存终,古今存废之间贯穿着归有光对妻子深深的思念。

世美堂初建,王氏曾大父以"世美"名之,希望"宣昭前烈,振万后昆"。如此热切的愿望与身后的衰颓形成对比,其后人却拖欠财物而几失祖宅。归有光为保妻子祖宅,多相筹贷,终于买下了世美堂。王氏去世三年后的嘉靖三十三年倭寇入侵昆山,世美堂却没有遭到损坏,屋里的书也都完好。文章围绕世美堂的兴废展开,其中又叙王氏之贤,重点讲了嘉靖二十九年归有光落第后以及张治去世后王氏的体贴明事。

全文似在叙事,实则蕴含着深切的悲伤,每一滴思念的泪水都深埋在平淡的日子背后,涌动而不显。文章的感情倾泻处在文末,离王氏逝世已近十载,清明时归有光携家人扫墓祭奠,在世美堂长住了一段时间。一天归有光的父亲闲坐在堂室,突然说:"居室还在,人却已经亡故了。我想念你的妻子了。"归有光并未答话,深埋在心底的思念却在父亲平缓的话语下瞬间奔腾,他从父亲身边走开,写下了这篇《世美堂后记》。写罢,与儿子相对而泣。

重修承志堂记

吾家旧宅在宣化里者①,吾大父亦不知其何所始②。第云高大父于成化初③,始创承志堂。时大父方龆龀④,上梁之日,有二鹤翔止于梁上,观者千人,皆以为吉祥寿考之征⑤。大父为太常卿夏公孙婿⑥,夏公亲题其额曰承志堂。

其后,高大父又自别创宅于须浦之上。吾生之年,高大父梦有人谓曰:"公何不作高玄嘉庆堂?"高大父觉而喜,曰:"城中必得孙矣。"城中,盖指今旧宅大父居也。已而吾与伯兄皆生⑦,高大父遂以次年创堂须浦,顾太史九和为之记⑧。然吾大父犹自居城中。

先是,堂前尝有虹起属天⑨。又大父辟西园,好植蔷薇,须浦创堂之前年春,花盛开,花中复有蕊,作重叠楼子⑩,周围满架,五色灿烂,所未有也。西园南有井,虽大旱,不竭。人亦以为井泉甘美,能益人寿。以是大父与世父及先君⑪,皆飨高年。

隆庆二年⑫,吾自吴兴还,因返旧宅。支撑倾陊⑬，完葺破漏。明年二月，仅还旧日之观。欧阳公《题王太师画像》云⑭："画已百年，完之又可得百年。"吾修此堂，亦谓尚可及百年也。第年往岁徂，德业不闻，无以副前人命堂之志。且以去吾祖父之生存，不至十年，依依仰止，岂胜怵惕凄怆之情云！

【注释】

①宣化里：位于今江苏昆山，民国时称宣化坊。

②大父：即祖父归绅，字承宗，号三峰。

③第：只。高大父：即高祖父归璿，字文美，号南隐，授承事郎。成化：明宪宗朱见深年号，1465~1487年。

④龆齔（tiáo chèn）：垂髫换齿之时，指童年。

⑤寿考：长寿。

⑥太常卿夏公：夏昶（1388~1470），字仲昭，号自在居士、玉峰，昆山人，后人誉其为画竹高手。官至太常寺卿。

⑦伯兄：长兄，指归有光堂兄归有嘉。

⑧太史：明代俗称翰林为太史。

⑨属：连接。

⑩楼子：指层叠状之物。

⑪世父：伯父。

⑫隆庆二年：1568年。隆庆，明穆宗朱载垕的年号。

⑬陊（duò）：崩塌，败坏。

⑭欧阳公：欧阳修（1007~1072），字永叔，号醉翁、六

一居士,吉州吉水(今属江西)人,北宋政治家、文学家。官至翰林学士、枢密副使、参知政事,谥号文忠。与韩愈、柳宗元、苏轼、苏洵、苏辙、王安石、曾巩被世人称为"唐宋八大家"。

【赏读】

　　承志堂是归有光的高祖父归璠于成化年间建造的,归有光写作此文时,承志堂已近百年,其名承载的是先祖对后人的期望。文章采用倒叙的手法,写述创建承志堂,其时归有光的祖父归绅年纪尚幼,依稀记得上梁时有两只仙鹤停在梁上,围观民众甚多。后来祖父归绅娶夏昶的孙女夏氏为妻,夏昶亲自为此宅题写匾额"承志堂"。后来高祖父归璠又于城外另建造一座宅院。归有光出生时,归璠梦到有人和他说为什么不建造高玄嘉庆堂,或者"嘉庆"?此词有孩子归来拜见父母的意思,归璠认为一定是孙子要出生了。果然,归有光与归有嘉相继降生。承志堂前曾有彩虹接天,之后归绅又开辟西园,种植蔷薇。归璠于城外建造高玄嘉庆堂的前一年春天,众芳盛开,五色灿烂。西园南边有一口水井,即使是大旱,水井也不会干涸。行文至此,镜头自从前拉回现在:隆庆二年(1568),归有光自吴兴返回旧宅,此时的归有光已经六十三岁,垂垂暮年,与他一样经历了时光的风吹雨打的承志堂也破败不堪。归有光重新修缮承志堂，睹物思人，又想到宅院曾经的喧闹，禁不住悲从中来。

归有光有着极重的家族观念，归家也曾出现过五世同堂其乐融融的场景，他的高祖父归璠留下遗训："吾家自高、曾以来，累世未尝分异。传至于今，先考所生吾兄弟姊五人，吾遵父存日遗言，切切不能忘也。为吾子孙，而私其妻子求析生者，以为不孝，不可以列于归氏。"但事与愿违，归氏家族逐渐没落，大家族分崩离析，瓜分祖产，兄弟隔阂。再反观高祖所留遗训，归有光不由感叹物是人非。归有光经历人生沧桑后，于耳顺之年再回祖屋，其名曰"承志"，而实际上难承前人之志，万般悲凉之下写作此篇。文章鲜有直抒情感处，但字里行间无不流露出今昔之感。

陶庵记

余少好读司马子长书①,见其感慨激烈,愤郁不平之气,勃勃不能自抑。以为君子之处世,轻重之衡②,常在于我,决不当以一时之所遭,而身与之迁徙上下。设不幸而处其穷,则所以平其心志,怡其性情者,亦必有其道。何至如闾巷小夫,一不快志,悲怨憔悴之意,动于眉眦之间哉?盖孔子亟美颜渊③,而责子路之愠见④,古之难其人久矣。

已而观陶子之集⑤,则其平淡冲和,潇洒脱落,悠然势分之外⑥,非独不困于穷,而直以穷为娱。百世之下,讽咏其词,融融然尘查俗垢与之俱化⑦。信乎古之善处穷者也。推陶子之道,可以进于孔氏之门。而世之论者,徒以元熙易代之间⑧,谓为大节,而不究其安命乐天之实。夫穷苦迫于外,饥寒惯于肤⑨,而情性不挠。则于晋、宋间,真如蚍蜉聚散耳。

昔虞伯生慕陶⑩,而并诸邵子之间⑪。予不敢望于邵,而独喜陶也;予又今之穷者,扁其室曰陶庵云。

【注释】

①司马子长书：指《史记》。司马迁，字子长。

②轻重之衡：指衡量事物的标准。

③孔子亟美颜渊：颜渊（前521~前490），即颜回，字子渊，其安贫乐道，常常得到孔子的赞美。

④责子路之愠见：子路（前542~前480），即仲由，字子路，又字季路。《论语·卫灵公》："在陈绝粮，从者病，莫能兴。子路愠见曰：'君子亦有穷乎？'子曰：'君子固穷，小人穷斯滥矣。'"愠见，面露怒色。

⑤已而：后来。陶子：指陶渊明，字元亮，又名潜，世称靖节先生。

⑥势分：权势，地位。

⑦查：古同"渣"，渣滓。

⑧元熙易代：元熙，东晋恭帝年号，419~420年。随后刘裕建立刘宋。

⑨憯（cǎn）于肤：使身体受伤。

⑩虞伯生：虞集（1272~1348），字伯生，号道园，人称邵庵先生，有《道园学古录》五十卷，与范梈、杨载、揭傒斯并称"元诗四大家"。慕陶：仰慕陶渊明。

⑪邵子：邵雍（1011~1077），字尧夫，理学家，有《伊川击壤集》。

【赏读】

嘉靖二十一年（1542），归有光卜居安亭，将其新书室命名为陶庵，即仰慕陶渊明之故。某种程度上来说，陶渊明的隐逸之思与儒家传统的出仕之志构成了归有光的精神世界。

归有光年幼时常常在项脊轩中读书，多年后他撰文时还清晰地回忆起祖母夏氏到项脊轩中看望他，喃喃自语："吾家读书久不效，儿之成，则可待乎？"之后夏氏还拿出她的祖父太常公夏昶当年上朝时所持的笏板，嘱咐他日后成就功名，位列朝堂，亦当用之。《项脊轩志》中的此段描写舒缓而温馨，也看出家族对归有光的仕途寄予了厚望。而归有光一生蹉跎举场，内心即使万般不愿依然屡试春闱，不能不说与此有莫大关系。家族的厚望为归有光戴上了第一具枷锁，而科举的僵化是他的第二具枷锁。归有光的隐逸之思是在这两把枷锁禁锢下产生的，既与之对抗，又与之妥协，他晚年的吏隐又是这种状态的别样呈现。

隐逸之思并非道家的专属，以天下为己任的儒家亦言隐居之事。孔子就提出天下"无道则隐"（《论语·泰伯》）、"隐居以求其志"（《论语·季氏》），为儒生出处行藏提供了理论依据。但孔子所提倡的隐，是在天下无道之时，这种隐逸既是仕途困顿的躲避，又是对当朝不良政治的批判，虽云隐逸，但依然是外向的，是对政治社会关怀的伪装。由此出发，历代君王为显示自己的圣明，总是努力寻求隐者出仕，以示政治清明，汉光武帝召严光、宋真宗召魏野皆是其例。当然，即便是天下无道，退隐也是求其次的选择，"知其不可为而为之"才是孔子所推崇并身体力行的。杨万里《读〈严子陵传〉》："客星何补汉中兴，空有清风冷似冰。早遣阿瞒移汉鼎，人间何处有严陵。"贡师泰《钓台》（其一）："百战关河血未干，汉家宗社要重安。当时尽着羊裘去，谁向云台画里看。"皆是由此出发对严光进行批评。

归有光背负着家族的希望，自然以求仕为己任，但面对八股文的僵化凝滞，他的内心是矛盾的，作为以文闻名于世的散文家，他对于文章有自己的执着和理念。他反对"前后七子"只知师法秦汉不理会唐宋诸家的风气，批判僵化的拟古陋习，提倡写胸中之感，抒一己之情。于是，归有光采取了不妥协的态度，即使会试八次落第，他依然故我。徐学谟《书归仆丞〈解惑篇〉后》："盖熙甫自乡荐后，尝以为举业可无学而能，即弃去不复习，而益习古文词，比应试檐罤间，已不能促办，稍信笔摅写胸中所自得而已，于有司之绳尺阔如也，故试辄不利。予在礼部久累科，拾其落卷，则寄还熙甫，欲怂恿之略寻时套也。"显然，被钱谦益称为明文第一的归有光并非于八股无能，而是认为"举业可无学而能"，于是主动放弃不去练习，坚持"摅写胸中所自得"，这样的文章当然不会合于主考官的准绳，徐学谟希望归有光可以"略寻时套"。归有光对科举的不妥协，可谓是主动放弃做官的机会，选择以布衣自处，这种行为源于儒家所提倡的"天下有道则见，无道则隐""隐居以求其志"，而进行的无声抗争。

归有光对科举的批判在其文中常常可见，《与潘子实书》说："科举之学，驱一世于利禄之中，而成一番人材世道，其敝已极。士方没首濡溺于其间，无复知有人生当为之事。荣辱得丧，缠绵萦系，不可脱解，以至老死而不悟。"《山舍示学者》说："近来一种俗学，习为记诵套子，往往能取高第。浅中之徒，转相放效，更以通经学古为拙……然惟此学流传，败坏人材，其于世道，为害不浅。"归有光不仅仅对科举之弊有深刻的认识，而且还能坚持自我，不沉沦于时俗，这种高洁而倔强的品性，在其文中也时时流露出来。《陶庵记》中云："以为君子之处世，轻重之衡，常在于我，决不当以一时之所遭，而身与之迁徙上下。"这仿佛是归有光对时俗的挑战檄文。归有光认为君子处世应遵从自己的内心，不能因世俗的波澜而飘荡不定，曲折委婉从俗，即使为之深陷穷困，如颜渊一般，也要不改其乐，这种隐逸之思当然来自于儒家。

畏垒亭记

自昆山城水行七十里，曰安亭，在吴淞江之旁，盖图志有安亭江，今不可见矣。土薄而俗浇①，县人争弃之。予妻之家在焉。予独爱其宅中闲靓，壬寅之岁②，读书于此。宅西有清池古木，垒石为山，山有亭，登之，隐隐见吴淞江环绕而东，风帆时过于荒墟树杪之间③，华亭九峰④，青龙镇古刹浮屠⑤，皆直其前。亭旧无名，予始名之曰畏垒。

《庄子》称：庚桑楚得老聃之道，居畏垒之山。⑥其臣之画然智者去之⑦，其妾之挈然仁者远之⑧。拥肿之与居⑨，鞅掌之为使⑩。三年，畏垒大熟。畏垒之民，尸而祝之⑪，社而稷之⑫。而予居于此，竟日闭户。二三子或有自远而至者，相与讴吟于荆棘之中。予妻治田四十亩，值岁大旱，用牛挽车，昼夜灌水，颇以得谷。酿酒数石，寒风惨栗，木叶黄落；呼儿酌酒，登亭而啸，忻忻然。谁为远我而去我者乎？谁与吾居而吾使者乎？谁欲尸祝而社稷我者乎？作畏垒亭记。

【注释】

①土薄而俗浇:土地贫瘠。浇,浮薄。

②壬寅之岁:嘉靖二十一年(1542)。

③荒墟:荒芜的空地。树杪:树梢。

④九峰:指凤凰山、厍公山、佘山、天马山、薛山、机山、横云山、辰山、小昆山。

⑤青龙镇:在今上海市青浦区东北。浮屠:佛塔。

⑥"《庄子》称"以下二句:《庄子·杂篇·庚桑楚》:"老聃之役有庚桑楚者,偏得老聃之道,以北居畏垒之山,其臣之画然知者去之,其妾之挈然仁者远之;拥肿之与居,鞅掌之为使。居三年,畏垒大壤。畏垒之民相与言曰:'庚桑子之始来,吾洒然异之。今吾日计之而不足,岁计之而有余。庶几其圣人乎!子胡不相与尸而祝之,社而稷之乎?'"畏垒,《庄子》中虚构的山名。

⑦臣:男仆。画然:明察貌,分明貌。

⑧妾:女仆。挈然:自矜貌。挈,通"契"。

⑨拥肿:淳朴自得貌。居:相处。

⑩鞅掌:勤劳的人。使:驱使。

⑪尸而祝之:把他当作祖先一样祭拜。尸,古代祭祀时,代表死者受祭祀的人。

⑫社而稷之:把他当作土地神和谷神一样祭拜。社,土地神。稷,谷神。

【赏读】

　　此文写于嘉靖二十一年（1542），归有光卜居安亭，嘉靖十九年（1540）他举应天乡试第二名，次年遭遇会试不第，短短两年，一起一落，故归有光此文萧然中自有一股孤傲之气。畏垒之名出自《庄子·杂篇·庚桑楚》，庚桑楚是老子的弟子，他居住在畏垒山，智者、仁者都远离他，只有淳朴勤劳之人与他相处，三年后畏垒山迎来丰收，当地的百姓对他"尸而祝之，社而稷之"。归有光以此名命亭，自有深意，虽然他终日闭门不出，选择此贫瘠之地而居，似要隐遁出世，超然物外，但其实他相信自己迟早会被人争相称颂。文章的镜头自昆山起，水行至安亭，我们似乎看到归有光乘舟而出，翩然到此。接着娓娓道来，讲到这里土地贫瘠，众人皆弃之，唯有归有光爱此地闲静，读书于此。这里便隐约显露出他的不趋世俗。走笔至此，畏垒亭方出，清池古木围绕其间，登亭而望，帆影攒动。接着讲畏垒典出何处，此时的归有光三十七岁，文章还未到"乃造平淡"之境，情绪之郁勃终究在文末三个连着的问句中倾泻而出。

思子亭记

震泽之水,蜿蜒东流为吴淞江,二百六十里入海。嘉靖壬寅①,予始携吾儿来居江上②,二百六十里水道之中也。江至此欲涸,萧然旷野,无辋川之景物③,阳羡之山水④,独自有屋数十楹,中颇弘邃,山池亦胜,足以避世。予性懒出,双扉昼闭,绿草满庭,最爱吾儿与诸弟游戏穿走长廊之间。儿来时九岁,今十六矣。诸弟少者三岁、六岁、九岁。此余平生之乐事也。

十二月己酉⑤,携家西去⑥。予岁不过三四月居城中,儿从行绝少,至是去而不返。每念初八之日,相随出门,不意足迹随履而没⑦,悲痛之极,以为大怪无此事也。盖吾儿居此七阅寒暑,山池草木,门阶户席之间,无处不见吾儿也。葬在县之东南门,守冢人愈老,薄暮见儿衣绿衣,在享堂中⑧,吾儿其不死耶!因作思子之亭。徘徊四望,长天寥廓,极目于云烟杳霭之间,当必有一日见吾儿翩然来归者。于是刻石亭中,其词曰:

天地运化，与世而迁。生气日漓⑨，曷如古先。浑敦梼杌⑩，天以为贤。娷陋癙躄⑪，天以为妍。跰年必永⑫，回寿必悭⑬。噫嘻吾儿，敢觊其全！今世有之，玩固宜焉。闻昔郗超⑭，殁于贼间。遗书在笥⑮，其父舍旃⑯。胡为吾儿，愈思愈妍？爱有贫士，居海之边。重跰来哭⑰，涕泪潺湲。王公大人，死则无传。吾儿孱弱，何以致然？人自胞胎，至于百年。何时不死，死者万千。如彼死者，亦奚足言！有如吾儿，真为可怜。我庭我庐。我简我编。髧彼两髦⑱，翠眉朱颜。宛其绿衣，在我之前。朝朝暮暮，岁岁年年。似耶非耶？悠悠苍天！腊月之初，儿坐合子。我倚栏杆，池水弥弥⑲。日出山亭，万鸦来止。竹树交满，枝垂叶披。如是三日，予以为祉。岂知斯祥，兆儿之死？儿果为神，信不死矣。是时亭前，有两山茶。影在石池，绿叶朱花。儿行山径，循水之涯。从容笑言，手撷双葩。花容照映，烂然云霞。山花尚开，儿已辞家。一朝化去，果不死耶？汉有太子，死后八日，周行万里，苏而自述。倚尼渠余，白璧可质。大风疾雷，俞老战栗。奔走来告，人棺已失。儿今起矣，宛其在室。吾朝以望，及日之昳。吾夕以望，及日之出。西望五湖之清泌，东望大海之荡潏。寥寥长天，阴云四密。俞老不来，悲风萧瑟。宇宙之变，日新日茁。岂曰无之，吾匪怪滴。父子重欢，兹生已毕。于乎天乎，鉴此诚壹！

【注释】

①嘉靖壬寅：即嘉靖二十一年，1542年。

②予始携吾儿来居江上：1542年，归有光三十六岁，携子翩孙居于安亭。

③辋川：位于今陕西蓝田，风景优美，王维曾隐居于此，撰有《辋川集》。

④阳羡：宜兴的古称，今江苏宜兴。

⑤十二月己酉：嘉靖二十七年（1548）十二月初八。

⑥携家西去：指回到昆山城中，昆山在安亭之西。

⑦不意：没有想到。足迹随履而没：指归有光长子去世。

⑧享堂：祭堂，供奉祖先牌位的地方。

⑨漓：浇薄。

⑩浑敦：即浑沌，相传为尧舜时"四凶"之一。梼杌（táo wù）：古代传说中的猛兽，借指凶恶的人。

⑪矬：身材短小。挛（luán）：病名，身体拘曲。躄（bì）：足不能行。

⑫跖（zhí）：即盗跖，春秋时期的大盗，《庄子》中说他"从卒九千人，横行天下，侵暴诸侯。穴室枢户，驱人牛马，取人妇女。贪得忘亲，不顾父母兄弟，不祭先祖。所过之邑，大国守城，小国入保，万民苦之"。

⑬回：指孔子的弟子颜回，字子渊，享年仅三十二岁。怪：不多，稀少，指颜回年纪不大就去世了。

⑭郗超（336～378）：字景兴，一字嘉宾，高平金乡（治今山东嘉祥西阿城铺）人，太尉郗鉴之孙，会稽内史郗愔之子。郗超去世时，年仅四十三岁。郗超是桓温的党羽，而其父郗愔则忠于晋室，郗超临死时，为了不让郗愔伤心，便取出一箱书，对门生说："本欲焚之，恐公年尊，必以伤愍为弊。我亡后，若大损眠食，可呈此箱。不尔，便烧之。"郗超死后，郗愔果然哀悼成疾，门生便将书交给郗愔，郗愔一看，里面写的都是郗超与桓温密谋的事，郗愔大怒说："小子死恨晚矣。"

⑮笥（sì）：盛衣物或饭食等的方形竹器。

⑯舍旃（zhān）：扔掉，放弃。旃，助词，"之焉"的合声。

⑰重趼（jiǎn）：手脚上的厚茧，这里指跋涉辛苦。

⑱髧（dàn）：发垂貌。髦：古代儿童垂在额前的短发。

⑲弥弥：满溢貌。

【赏读】

归有光的长子是其原配魏氏于嘉靖十二年（1533）所生，生子三月后魏氏即亡故，其子名翱孙，字子君，十六年后，即撒手人寰。归有光思子心切，遂建思子亭。此文由两部分构成，前为序记，后为碑铭。清人李祖陶评价此文说:"笃挚之情,而行以苍辣之笔,骚情史味,兼而有之。"归有光对其子的思念一直涌动在文中,却不喷薄而出,其行文看似平淡,实则苍辣郁勃,将一股悲痛按在胸中,随时可能爆发,却终以波碟之笔娓娓道来。文章自归有光携子居于安亭讲起,江水至此将要干涸,四周环境萧然,人烟车马皆稀,远离尘俗,足以避世,一段环境描摹并无情绪直接吐露,但为文章蒙上了一股萧散冷寂之气。翿孙居住江亭七年,归有光视此处山川草木,无一不有儿子的影子。翿孙去世后,守坟的老人一日突然透过薄雾似乎见到了翿孙,身穿绿衣,立于祭堂中。归有光闻此更是难掩心中悲痛,于是建造了思子亭,盼望有一天儿子会翩然归来。归有光此处讲儿子身穿绿衣,《诗经·邶风》中《绿衣》一诗是悼念之作,故绿衣或许有悼亡之意。第二部分的铭文与前文贯通为一,是前文情绪的集中表达,在富有节奏感的韵语中归有光的情绪始倾泻而出。

项脊轩志

项脊轩，旧南阁子也。室仅方丈，可容一人居。百年老屋，尘泥渗漉，雨泽下注，每移案，顾视无可置者。又北向，不能得日，日过午已昏。余稍为修葺，使不上漏①；前辟四窗，垣墙周庭，以当南日；日影反照，室始洞然。又杂植兰桂竹木于庭，旧时栏楯，亦遂增胜。借书满架，偃仰啸歌②，冥然兀坐。万籁有声，而庭阶寂寂，小鸟时来啄食，人至不去。三五之夜③，明月半墙，桂影斑驳。风移影动，珊珊可爱。然予居于此，多可喜，亦多可悲。

先是，庭中通南北为一。迨诸父异爨④，内外多置小门墙，往往而是。东犬西吠，客逾庖而宴，鸡栖于厅。庭中始为篱，已为墙，凡再变矣。家有老妪，尝居于此。妪，先大母婢也⑤。乳二世，先妣抚之甚厚⑥。室西连于中闺⑦，先妣尝一至，妪每谓予曰："某所，而母立于兹。"妪又曰："汝姊在吾怀，呱呱而泣。娘以指扣门扉曰：'儿寒乎？欲食乎？'吾从板外相为应答。"语未毕,余泣,妪亦泣。

余自束发读书轩中⑧。一日,大母过余曰:"吾儿,久不见若影,何竟日默默在此,大类女郎也?"比去,以手阖门,自语曰:"吾家读书久不效⑨,儿之成,则可待乎?"顷之,持一象笏至⑩,曰:"此吾祖太常公宣德间执此以朝⑪,他日,汝当用之。"瞻顾遗迹,如在昨日。令人长号不自禁。

轩东故尝为厨。人往。从轩前过。余扃牖而居⑫,久之能以足音办人。轩凡四遭火,得不焚,殆有神护者。

项脊生曰:蜀清守丹穴,利甲天下,其后秦皇帝筑女怀清台。⑬刘玄德与曹操争天下,诸葛孔明起陇中,方二人之昧昧于一隅也⑭,世何足以知之?余区区处败屋中,方扬眉瞬目⑮,谓有奇景。人知之者,其谓与坎井之蛙何异⑯!

余既为此志后五年,吾妻来归⑰。时至轩中从余问古事,或凭几学书。吾妻归宁⑱,述诸小妹语曰:"闻姊家有阁子,且何谓阁子也?"其后六年,吾妻死,室坏不修。其后二年,余久卧病无聊,乃使人复葺南阁子。其制稍异于前,然自后余多在外,不常居。庭有枇杷树,吾妻死之年所手植也。今已亭亭如盖矣。

【注释】

①上漏：从上往下漏水。

②偃仰：安居。

③三五之夜：农历十五的晚上。

④诸父：伯父、叔父。异爨（cuàn）：指分家。爨，烧火做饭。

⑤先大母：已去世的祖母。

⑥先妣：指归有光已去世的母亲周氏。

⑦中闺：女子居住的内室。

⑧束发：古代男孩成童时束发为髻，因以代指成童之年，即十五。

⑨不效：没有成效。归有光的祖父归绅、父亲归正均终身布衣。

⑩象笏：象牙制的手板。古代品位较高的官员朝见君主时所执，供指画和记事。

⑪吾祖太常公：归有光祖母夏氏是夏昶的孙女。夏昶（1388~1470），字仲昭，号自在居士、玉峰，昆山人，后人誉其为画竹高手。官至太常寺卿。宣德：明宣宗朱瞻基的年号，1426~1435年。

⑫扃牖（jiōng yǒu）：关闭窗户。

⑬"蜀清守丹穴"三句：《史记·货殖列传》："巴蜀寡妇清，其先得丹穴，而擅其利数世，家亦不訾。清，寡妇也，

能守其业，用财自卫，不见侵犯。秦皇帝以为贞妇而客之，为筑女怀清台。"清，此女子名。丹穴，出产丹砂的洞穴。

⑭昧昧：昏暗，这里指不为人所知。

⑮扬眉瞬目：沾沾自喜貌。

⑯坎井之蛙：浅井里的青蛙，比喻见识短浅。

⑰吾妻来归：指归有光第一任妻子魏氏。

⑱归宁：古代已婚女子回娘家看望父母。

【赏读】

《项脊轩志》又名《项脊轩记》，是归有光散文中的名篇，感情真挚，文笔疏淡，韵味独具。明人王锡爵评价归有光的文章："无意于感人，而欢愉惨恻之思，溢于言语之外。"可以说王锡爵的评价在《项脊轩志》中体现得淋漓尽致。项脊轩是归有光的书斋，之所以以项脊轩命名书房，应当有两层意思，其一归有光的远祖曾居于昆山之项脊泾，为追述远祖遂以此为名；其二书斋狭小逼仄，如在颈背之间，故以此名之。文章分为两部分，第一部分作于嘉靖二年（1523），归有光十八岁，尚未娶妻。"余既为此志后五年，吾妻来归"以后为第二部分，是补记于十余年后，此时归有光的妻子魏氏已经去世多年，或许此时他重翻年轻时所作，觉得在书房中妻子魏氏曾在此留下了很多美好的记忆，于是又补写了此段。

文章先述项脊轩之窘迫，空间狭小，仅能容纳一人，甚至每逢雨天"尘泥渗漉,雨泽下注",本来用作读书的房间,竟"每移案,顾视无可置者"。接着归有光对之进行修缮,又种植兰桂竹木于庭,借书满架,使得屋子在窘迫中渐渐流露出一丝雅意与从容,在四下宁静的夜晚,桂影斑驳。风移影动,珊珊可爱。之后突然笔锋一转道"然予居于此,多可喜,亦多可悲",让读者蓦然心中一紧,引出下文。之后语气依旧舒缓,但平缓之中却渐渐流露出几分悲凉,文章讲到起先"庭中通南北为一",但紧接着叔父们开始分家,"内外多置小门墙",院子开始被分割开来,大家族的井然有序逐渐被打破,中庭设起了篱,后来又建起了墙。但在逐渐冷淡的亲情中也有一丝温暖,家中的老妪常常为归有光讲述其母亲周孺人的事情。周氏在归有光年幼时便撒手人寰,听着老妇的讲述,归有光禁不住泪流满面。归有光酷爱司马迁的《史记》,此篇倒数第二段"项脊生曰"即是对《史记》中"太史公曰"的模仿,在叙事后加此一段进行议论,文章至此已完,但十余年后归有光又补记了关于妻子魏氏的内容,亦是通过讲述妻子生活中的点滴来流露对妻子的思念之情,最后两句:"庭有枇杷树,吾妻死之年所手植也,今已亭亭如盖矣"将满腔的爱意与思念化为"却道天凉好个秋"般的内敛,时空交错之间树已亭亭,时光荏苒,不觉妻子离去久矣。

归家曾出现五世同堂共处的场景，因而归有光有着极重的家族观念。但自从其祖父去世后，家族逐渐分崩离析，甚至出现鸡栖于厅、客逾庖而宴的现象，这与归有光的理想形成了极大的悖论，这是其一。归有光最为人称道的是"事关天属"描写亲情的文章，或写自己的亲人，或写他人的亲情，都真挚动人，可见归有光对亲情的重视。但归有光年八岁时母亲周孺人就亡故了，归有光的妻子魏氏在与之生活了近六年后亦不幸去逝，《项脊轩志》中回忆母亲和妻子的文字皆包含着一种悲苦凉，这与归有光对亲情的重视又形成一悖论，这是其二。归有光的祖母期望他有朝一日能考取功名出人头地，撰文时归有光还清晰回忆起祖母夏氏到项脊轩中看望他，喃喃自语："吾家读书久不效，儿之成，则可待乎?"之后夏氏还拿出其祖父太常公夏昶当年上朝时所持的笏板，嘱咐他日后成就功名，位列朝堂时，亦当用之。可现实又与之形成极大的悖论，归有光一生科场蹉跎，直到六十岁时方得中进士，任长兴县县令，但是不久后又遭到排挤迁顺德通判管理马政。归有光写作《项脊轩志》补记的时间不确凿，但至少是十余年后，此时的他已经经受了数次科举的失意。可见《项脊轩志》中所含的乃是归有光人生的悖论，其各执两极所形成的反讽极具张力。时光的流逝也掩不住其人生的蹉跎无奈，这无奈透过文字扑面袭来。

秦国公石记

宋太师秦国卫文节公泾①,淳熙十一年进士第一人,参知政事。文章议论,有裨于当世。《宋史》轶不传②。公,吾县人也,县人能纪之。

当韩侂胄用事时③,公隐居十年④,于所居地名石浦⑤,辟西园,累致太湖石甚富。至今往往流落人间,然皆为屠沽儿酒肉腥秽,可吊也。独其在学宫者⑥,为四方过客之所钦仰。余居安亭江上,往来陆家浜⑦,舟中见冢间大石,问知为秦公故物,埋草土中,无识者。先时吏部侍郎叶文庄公⑧,亦石浦人,其家子弟运致于此。因购之叶氏,载以二百斛舟⑨,沿吴淞江而下,置于堂东。

学宫石,世以为名品。以余观之,殆如雕镂耳。此石旋转作人舞,而形质恢佹⑩,类鞮师所率之夷舞⑪。若以甲乙品第,当在学宫之上。嗟乎!公,吾乡之先哲。余朝夕对之,如对公矣。前十年,于阊门刘尚书宅得一奇石⑫。形如大旆⑬,迎风猎猎,仿佛汉大将军兵至阗颜⑭，大风起，纵兵左右翼，围单于。骠骑封狼居胥，临瀚海时也。⑮久僵仆庭中，今立于西垣云。

【注释】

①卫文节公泾：卫泾（1159～1226），南宋大臣。字清叔，号后乐居士、西园居士，嘉兴华亭（治今上海市松江区）人，徙居平江昆山，孝宗淳熙十一年（1184）状元。开禧中官至参知政事，封秦国公。

②《宋史》轶不传：《宋史》没有为他立传。

③韩侂胄（1152～1207）：字节夫，相州安阳（今属河南）人，与赵汝愚拥立宁宗，后官平章军国事，打击赵汝愚，禁绝理学，专权十余年，后北伐失败，被诛。

④公隐居十年：庆元三年（1197），卫泾因反对韩侂胄遭罢，开禧三年（1207）起任中书舍人兼直学士院。

⑤石浦：石浦村，位于昆山市千灯镇。

⑥学官：指昆山县县学。

⑦陆家浜：地名，位于今昆山市陆家镇。

⑧叶文庄公：叶盛（1420～1474），字与中，号蜕庵，自号白泉，又号泾东道人、淀东老渔，昆山人。正统十年（1445）进士，官至吏部左侍郎。

⑨二百斛舟：可装载二百斛重物的船。斛，量词。多用于量粮食，古代一斛为十斗，南宋末年改为五斗。

⑩恢佹：离奇。

⑪靺（mò）师：古代掌管靺乐舞事的乐官。

⑫刘尚书：刘缨（1442~1523），字与清，号铁柯，成化十四年（1478）进士，官至南京刑部尚书。

⑬大斾（pèi）：大旗。

⑭汉大军兵至阗颜：汉代元狩四年（前119），大将军卫青出击匈奴，大破之，追至寘颜山赵信城而还。

⑮骠骑封狼居胥，临瀚海时也：汉代元狩四年（前119），霍去病大败匈奴，封狼居胥山，登临瀚海。

【赏读】

秦国公卫泾是南宋时人，当时韩侂胄有拥立之功，打击赵汝愚，权倾朝野，党同伐异，为立不世之功，不顾当前形势而贸然北伐。卫泾不畏强权，不与之同流，主张静以强根本，动以复疆土，力阻韩侂胄开衅轻动，罢归乡里。清代学者沈德潜称誉"其人之挺然独立，百折不回，泾有如金石之坚贞者，而《宋史》不为立传，可怪也"。《宋史》虽然没有为他立传，但他的名字和事迹并未随着时间的流逝而消磨殆尽，在民间，卫泾的贞刚品行反而更加熠熠生辉。文章自卫泾其人说起，其隐居石浦镇，辟西园，搜集了许多太湖石。但这些太湖石如今却都流落到民间，甚至沾染上了宰牲沽酒人家的腥秽之气。只有留在县学的太湖石受到四方过客的崇敬。接着讲到归有光遇到卫泾曾经的一块太湖石埋没在杂草荒土之中,他将石头买下,安置在厅堂东面。此时作者发出感叹,县学的太湖石如同人工雕刻过一样,没什么观赏价值,反而这颗埋没于荒草的太湖石恢佹奇特。显然,归有光此处以石喻人,为卫泾被正史的忽略而鸣不平。结尾处论及刘尚书之奇石,以卫青霍去病之军中大旗喻之,凛然生风,似乎包含着归有光的雄心壮志。

梦鼎堂记

凡州县治,其后皆为夹道,而官之长贰之私宅①,别为一区。惟长兴治后迫于城,故令之宅无周垣门庑②,燕居之堂③,与前堂檐相接也。余来为县④,属久废之余,为修经阁鼓楼,左右廊庑,起吏舍仓庾⑤,成桥梁,筑月城水门⑥,一岁中略具。而燕居之堂穿漏倾圮⑦,复加完葺之。虽前除不敞,而堂中若加恢廓,如人外处迫隘之形,而中不失宽绰之度。因得休暇观古图书于此。

会有事于贡院⑧。一日,梦寝庭中有函牛之鼎⑨,其旁有破裂处,方命修补之。觉,而以告诸同事。适长兴之士试而得隽者三人,众皆以为鼎足之应。未几而南都报得隽者又一人⑩,或又以为补鼎之验也。夫占者之云,其果云尔已乎?

盖鼎,三代之传器也⑪。圣人取以为卦。其辞曰:"君子以正位凝命⑫。"又曰:"主器者莫若长子⑬。"此其为王者之事矣!然又以象三公者⑭,何也?诚以天下非人主所能独运，而所藉者辅相也。故鼎，天子饰以黄金，诸侯以白金，三足以象三台⑮，三足一体，犹三公承天子也。以主烹饪，不失其和；金玉铉之，不失其所；公卿仁贤，天王圣明之象也。读鼎之辞，可以见君臣一体之义，而人臣辅相之道备矣。故又曰："大烹以养圣贤⑯。"明天子当以圣贤置之三公之位，不宜使在下仅出其否而已，而制其毁誉进退于不知者之人，使之皇皇焉慎其所之也。

余少时有狂简之志⑰，思得遭明时，兴尧、舜、周、孔之道，尝鄙管、晏不足为⑱。今老矣，无能为矣。台鼎之兆⑲，其以望诸二三子。因取而名斯堂，且以俟后之继余而来者云。

【注释】

①长贰：指官的正副职。

②周垣：围墙。门庑：与门屋相连接的廊屋。

③燕居：闲居。

④为县：指归有光嘉靖四十五年（1566）二月赴长兴县任。

⑤吏舍：官吏居住或办公的房子。仓庾：贮藏粮食的仓库。

⑥月城：即瓮城。城外所筑的半圆形的小城，作掩护城

门、加强防御之用。水门：临水的城门。

⑦穿漏：房屋破败有漏洞。倾圮：倒塌。

⑧会有事于贡院：隆庆元年（1567）秋，归有光充浙江乡试外帘官。帘官，《明史·选举志》："试官入院，辄封钥内外门户。在外提调、监试等谓之外帘官，在内主考、同考谓之内帘官。"

⑨函牛之鼎：大鼎。函牛，能装下一头牛。

⑩南都：指南京。得隽：士人考试及第。

⑪三代之传器：相传大禹划分天下为九州，令九州牧献铜铸鼎，九鼎遂成为王权的象征。商灭夏后九鼎为商所得。周武王灭商后九鼎又为周所得。三代，指夏、商、周。

⑫君子以正位凝命：语出《周易·鼎卦》："象曰：木上有火，鼎。君子以正位凝命。"意思是鼎卦由下边的巽卦和上边的离卦组成，巽卦象征风，也象征木，离卦象征火。木上有火，有烹饪之象，所以象征鼎。王弼云："凝者，严整之貌也。鼎者，取新成变者也。革去故而鼎成新。正位者，明尊卑之序也。凝命者，以承教命之严也。"

⑬主器者莫若长子：语出《周易·序卦传》。

⑭三公：古代中央三种最高官衔的合称。明沿周制，以太师、太傅、太保为三公，只用作大臣的最高荣衔。

⑮三台：星名。《晋书·天文志》："三台六星，两两而居……在人曰三公，在天曰三台，主开德宣符也。西近文昌二星曰上台，为司命，主寿。次二星曰中台，为司中，主宗

室。东二星曰下台，为司禄，主兵，所以昭德塞违也。"也常常用来比喻三公。

⑯大烹以养圣贤：语出《周易·鼎卦》："而大烹以养圣贤。"大烹，丰盛的食物。

⑰狂简：志向高远而处事疏阔。

⑱管、晏：指管仲、晏子。管仲，世人尊称其为管子，春秋时期法家代表人物。他是中国古代著名的政治家。晏子，字平仲，即晏婴，以有政治远见和外交才能，作风朴素闻名诸侯。

⑳台鼎：古称三公为台鼎，如星之有三台，鼎之有三足。语本汉蔡邕《太尉汝南李公碑》："天垂三台，地建五岳，降生我哲，应鼎之足。"

【赏读】

嘉靖四十五年（1566）二月，已经六十一岁的归有光赴长兴县任，开始了他的仕宦生涯，隆庆元年（1567）秋充浙江乡试外帘官时，归有光于燕居之堂梦到一函牛大鼎，于是以"梦鼎"名此堂，遂作此篇。吴承恩与归有光在此年共事于长兴，吴承恩任县丞，二人私交甚笃，归有光视吴承恩为知己。此文写成后由吴承恩亲笔书写刻于石上，此碑现保存于长兴太湖博物馆，文十七行，行三十四字，点画圆腴劲秀，刚健而有骨力，生动流畅，别具一格。

长兴县前任县令显然怠于工作，和其他几篇作于长兴县任的文章一样，此篇开头先讲述了归有光到任后对官吏居住办公的处所进行翻修。长兴治所狭小，官员闲居之堂与前堂檐相接，归有光初到时穿漏倾圮，经过一番修缮后"不失宽绰之度"勉强可居，闲暇时他常常于堂中读书。充浙江乡试外帘官时，归有光梦到庭中有一樽破裂的巨鼎，于是在梦中下令修补。后来发现长兴县当时及第者一共三人，人们皆认为这是梦应验了，不多时又传来消息南京又有一长兴士子及第，有人认为这是梦中补鼎应验了。鼎不但象征着王权，同时还象征着三公，明君也需要贤能来辅佐，由此，文章展开议论，得出"明天子当以圣贤置之三公之位，不宜使在下仅出其否而已"的结论，讲到这里议论戛然而止，归有光发出了"今老矣，无能为矣"的感叹。

读罢全文，方恍然大悟，此文亦是归有光联想到自己虽贤能而不得用，现在虽然得以入仕做长兴县令，但终究已经年过花甲，青春不再，当年"兴尧、舜、周、孔之道，尝鄙管、晏不足为"的年少轻狂已经难寻踪影了。在长兴县任上归有光虽然勤于政事，但却遭到了黄通判、张县丞以及地方豪绅的排挤。当然文章并不仅仅是归有光的自我哀伤，四位士子及第的消息给归有光带来喜悦，他也把政治理想寄托在年轻的士子身上，结尾处"台鼎之兆,其以望诸二三子"便是明示。以"梦鼎"为堂名,既是记他那天的梦境,也是把他经邦理国的梦想寄托在年轻人身上的表征。

顺德府通判厅记

余尝读白乐天《江州司马厅记》①,言自武德以来②,庶官以便宜制事③,皆非其初设官之制。自五大都督府④,至于上中下郡⑤,司马之职尽去,惟员与俸在。余以隆庆二年秋⑥,自吴兴改倅邢州⑦。明年夏五月莅任,实司郡之马政⑧。今马政无所为也,独承奉太仆寺上下文移而已⑨。所谓司马之职尽去⑩,真如乐天所云者。

而乐天又言:"江州左匡庐⑪,右江、湖⑫,土高气清,富有佳境。"守土臣不可观游⑬,惟司马得从容山水间,以是为乐。而邢,古河内⑭,在太行山麓。《禹贡》衡、漳、大陆⑮,并其境内。太史公称邯郸亦漳河之间一都会⑯,其谣俗犹有赵之风。余夙欲览观其山川之美,而日闭门不出,则乐天所得以养志忘名者⑰,余亦无以有之。然独爱乐天襟怀夷旷,能自适,观其所为诗,绝不类古迁谪者有无聊不平之意。则所言江州之佳境,亦偶寓焉耳。虽微江州,其有不自得者哉?

卷二 记体之文(下) 181

余自夏来，忽已秋中[18]，颇能以书史自娱。顾廨内无精庐，治一土室，而户西向，寒风烈日，霖雨飞霜，无地可避。几榻亦不能具。月得俸黍米二石。余南人，不惯食黍米。然休休焉自谓识时知命[19]，差不愧于乐天。因诵其语，以为厅记。使乐天有知，亦以谓千载之下，乃有此同志者也。[20]

【注释】

①白乐天《江州司马厅记》：白乐天，即白居易，因越职言事被贬江州司马，元和十三年（818）作《江州司马厅记》。

②武德：唐高祖李渊的年号，618~626年。

③庶官：各种官职。便宜制事：斟酌事宜，自行处置。

④五大都督府：唐代称并州、益州、荆州、扬州、潞州为五大都督府。

⑤上中下郡：除五大都督府外，其余分为上中下三等。上郡户满四万，中郡户满二万，下郡户不足二万。

⑥隆庆二年：1568年。隆庆，明穆宗朱载垕年号。

⑦吴兴：指长兴县，今属浙江湖州，明代湖州府治所，归有光隆庆元年（1567）至隆庆二年（1568）任长兴县令。倅（cuì）：州郡长官的副职。邢州：即顺德府，治所在邢台县。

⑧司：掌管。马政：采办管理马匹的事务。

⑨承奉：承命奉行。太仆寺：明代官署名。掌管舆马及牧畜事务。文移：公文。

⑩司马之职尽去：借白居易文章中"司马"之字面意思，即掌管马政的职务尽去。

⑪左匡庐：江州东边是庐山。

⑫右江、湖：西边是长江和鄱阳湖。

⑬守土臣：指地方官。

⑭古河内：黄河以北的地方。

⑮《禹贡》衡、漳、大陆：《尚书·禹贡》："覃怀底绩，至于衡漳。"意思是治理覃怀水利取得成绩，又到了漳水。又曰："恒卫既从，大陆既作。"意思是恒水和卫水已经疏通，大陆泽就要开始治理了。大陆泽，亦称"巨鹿泽"，在今河北隆尧、巨鹿、任县这三个县之间。

⑯太史公称邯郸亦漳河之间一都会：太史公，即司马迁。《史记·货殖列传》："然邯郸亦漳、河之间一都会也。"邯郸，今河北邯郸，在邢台市南。漳，即漳河。河，指黄河。都会，都市。

⑰养志忘名：白居易《江州司马厅记》："若有人养志忘名，安于独善者处之，虽终身无闷。"

⑱秋中：秋季之中，多指中秋节。

⑲休休：安闲貌，安乐貌。

⑳"亦以"二句：《江州司马厅记》："又安知后之司马，不有与吾同志者乎？"

【赏读】

本文写于隆庆三年（1569），时归有光因在长兴县任上受到排挤，不得不调任顺德府，任通判一职，管理马政。而此通判为朝廷增设职务，在《顺德府通判厅右记》中他详述了此职位的来龙去脉，认为此职位实则"若赘疣然"，朝廷将中进士不久的归有光派遣来此的用意昭然若揭。唐代诗人白居易因上疏被贬江州司马，有《江州司马厅记》一文，归有光借古喻今，想及白乐天，顿生异代同悲之感，故作此文，以抒己怀抱。白居易在《江州司马厅记》中似乎摆出"识时知命"的态度，打算就此吏隐度日，但一股郁结之气、不平之怒分明蕴藏于文，伴着司马青衫之辞喷薄而出。文末感叹"又安知后之司马，不有与吾同志者乎？"

归有光撰写此文便是与之呼应，他刻意模仿白乐天的笔触，以浇自己胸中块垒，结尾处"使乐天有知，亦以谓千载之下，乃有此同志者也"，正是悲极之语。

所谓"厅记"专述官秩创置及迁授始末，此篇显然更偏重抒发一己感情，而另一篇《右记》则符合此文体传统，谈及明代马政，述前官之迹，萧散之情，愤懑之意，溢于言表，可与此篇对读。

顺德府通判厅右记

国家之制，郡有守，有佐贰。佐贰则常因有事而增其员。顺德府故有通判一员。其后复设一员，责以马之政①，而隶其职于太仆寺。自国初使民户养马，议者谓虽行之而善，犹不免袭宋熙宁保甲之敝法②，未为马之善政，而先以疲畿内之民③。其后此法亦益敝不可复振，而有官或以扰民，反若赘疣然④。

隆庆二年秋，余自吴兴来迁，今少司徒赵公⑤，以巡抚在浙，过辞之。赵公乃郡人，为言"此官于今唯以无事为得职"。余叹其真长者之言。余病不能来，明年五月始至。赵公自司徒出董淮漕⑥，时尚在家。见之，其言如初。于是余居邢之三月，益有味其言之也。盖河北之民困久矣，不当复扰以马之事。第奉行文书之外，日闭门以谢九邑之人，使无至者。簿书一切稀简，不鞭笞一人，吏胥亦稍稍遁去。余时独步空庭，槐花黄落，遍满阶砌，殊欢然自得。而赵公又亟称前判王君之贤。

余既闲无事,欲考前官姓名,以识于壁。因问王君行事,无知者。惟一老卒能言之,谓:"王君于马政不孰何,闲居不捶楚人⑦,颇似吾君侯。若求其有所建明抉摘⑧,无有也。而郡人至今称官之有遗爱于民者,莫逾王君。"余又自喜,顾何以能比迹前贤⑨?抑王君之居此者九年,而余以疏愚,度不能容于世,而老病侵寻⑩,不久且告去矣。

王君名云衢,字道亨,山西高平人⑪,以国子上舍来调⑫。嘉靖二十八年至,迨嘉靖三十六年,始迁润州丞以去⑬。余,苏州昆山人。其诸前贤之名,阙于所不知,故不书。

【注释】

①马之政:马政,指政府对官用马匹的牧养、训练、使用和采购等的管理制度。

②宋熙宁保甲之敝法:指北宋王安石宋神宗熙宁年间变法革新时所设立的保甲法。熙宁三年(1070)颁行。

③畿内:指京城管辖的地区。

④赘疣:附生于体外的肉瘤,此处指多余之物。

⑤赵公:赵孔昭,字子潜,直隶邢台(今河北邢台)人,嘉靖二十三年(1544)进士,授鄢陵知县。历任监察御史、户部左侍郎兼右佥都御史等。

⑥董淮漕:主管两淮漕运,指赵孔昭总都漕运兼提督军务。

⑦捶楚:杖击,鞭打。

⑧建明抉摘:建树,抉择。

⑨比迹:齐步,并驾。谓彼此相当。

⑩侵寻:渐进、渐次发展。

⑪山西高平:今山西高平,位于山西东南部。

⑫国子上舍:即明代国子监的监生。宋代上舍指等级较高的士子,明清此以作为监生的别称。

⑬润州:今江苏镇江。

【赏读】

嘉靖四十四年(1565),归有光于六十岁时终于得中进士,此时虽年岁已高,但及第的喜悦让他壮志盈怀,面对即将就任的长兴知县一职,他说:"其志皆欲得国而治之,而仲弓、游、夏之徒,多以治邑见称,若谓儒者不能为吏,则天下之官,其谁任之。"在长兴县任上,归有光兴学校、断狱讼,深受县民爱戴,但却遭到黄通判和县丞张元一的诬陷,甚至欲置之死地而后快。归有光惊怕度日。在官吏的诽谤下,隆庆二年(1568)归有光调离长兴县,除顺德府通判。

此时的归有光受到打击,心有戚戚,上《乞改调疏》希望可以改任国子监,遭到拒绝后萌生退意;又上《乞致仕疏》称病乞归，又不准。次年，归有光至顺德府，吏隐度日，在与冯樵谷的书信中称："反被狺狺者不止。此是关系世道，仆一身何足惜！在邢无一事，可称吏隐。然已觉世途不可行。河冰解，即谋南归矣。"可见，归有光于仕途已心灰意懒，觉世途难行。《顺德府通判厅记》说到他筑一土室，门户向西，寒风凛冽。在《顺德府通判厅右记》中他描述这时的生活"第奉行文书之外，日闭门以谢九邑之人，使无至者。簿书一切稀简，不鞭笞一人，吏胥亦稍稍遁去。余时独步空庭，槐花黄落，遍满阶砌，殊欢然自得"。归有光虽身为通判，但已无心尘世纷扰，自外求的彷徨转向内心的宁静，虽"土俗俭陋""然愚性甚乐之"（《与王子敬六首》），经历了一生的蹉跎偃蹇，终于在晚年的吏隐之中，归有光达到了他所倾慕的孔颜乐处的人生境界。

震川别号记

余性不喜称道人号,尤不喜人以号加己,往往相字①,以为尊敬。一日,诸公会聚里中,以为独无号称,不可,因谓之曰震川。

余生大江东南,东南之薮唯太湖②,太湖亦名五湖③,《尚书》谓之震泽④,故谓为震川云。其后人传相呼,久之,便以为余所自号,其实谩应之⑤,不欲受也。

今年居京师,识同年进士信阳何启图⑥,亦号震川。不知启图何取尔?启图,大复先生之孙⑦,汴省发解第一人⑧。高才好学,与之居,恂恂然⑨,盖余所忻慕焉。

昔司马相如慕蔺相如之为人⑩,改名相如。余何幸与启图同号,因遂自称之。盖余之自称曰震川者,自此始也。因书以贻启图,发余慕尚之意云。

【注释】

①相字:以字相称。

②薮(sǒu):生长着很多草的湖泽。

③五湖:《国语·越语下》:"果兴师而伐吴,战于五湖。"韦昭注:"五湖,今太湖。"

④《尚书》谓之震泽:《尚书·禹贡》:"三江既入,震泽底定。"

⑤谩应:随便答应。谩,通"漫",随便,胡乱。

⑥何启图:即何洛文,字启图,号震川。嘉靖四十四年(1565)进士,官至礼部左侍郎。

⑦大复先生:何景明(1483~1521),字仲默,号大复山人。弘治十五年(1502)进士,官至陕西提学副使。明代著名文学家,主张复古,与李梦阳等并称"前七子"。

⑧汴省:指河南。发解第一人:指乡试第一名,即解元。

⑨恂恂然:温顺恭谨貌。《论语·乡党》:"孔子于乡党,恂恂如也,似不能言者。"

⑩司马相如:字长卿,西汉辞赋家。蔺相如:战国时赵国人,曾携赵国和氏璧使秦,挫败秦国阴谋,完璧归赵。

【赏读】

古人常常在名、字之外为自己起一个别号,以此来表明自己的志趣。文章的开头归有光就表明了自己对别号的态度,即"不喜称道人号,尤不喜人以号如己"。然而朋友聚会又不能不随众人之所好,于是朋友们便以"震川"称他。接着作者讲述了此号的由来。其生于东南,而东南地区太湖最盛,震川是太湖的别称,于是归有光便以此为号了。而这其实并未得到归有光内心的认可,"其实谩应之,不欲受也"。他对"震川"这一别号的接纳,要等到与何景明之孙何洛文相遇,何洛文不仅是名门之后,而且温顺恭谨,令人敬佩,碰巧的是何洛文居然也以震川为号。出于对他的钦慕之情,归有光欣然接纳了"震川"的别号。文章层次分明,娓娓道来,表面上讲别号,实则表达自己对友人的敬佩与欣赏。

家谱记

有光七八岁时，见长老①，辄牵衣问先世故事。盖缘幼年失母②，居常不自释③，于死者恐不得知，于生者恐不得事，实创巨而痛深也。

归氏至于有光之生，而日益衰。源远而末分，口多而心异。自吾祖及诸父而外④，贪鄙诈戾者，往往杂出于其间。率百人而聚，无一人知学者；率十人而学，无一人知礼义者。贫穷而不知恤，顽钝而不知教；死不相吊，喜不相庆；入门而私其妻子，出门而诳其父兄。冥冥汶汶⑤，将入于禽兽之归。平时呼召友朋，或费千钱，而岁时荐祭⑥，辄计秒忽⑦。俎豆壶觞⑧，鲜或静嘉。诸子诸妇，班行少缀⑨。乃有以戒宾之故⑩，而改将事之期；出庖下之馂⑪，以易荐新之品者⑫。而归氏几于不祀矣。

小子顾瞻庐舍，阅归氏之故籍，慨然太息流涕曰："嗟乎！此独非素节翁之后乎⑬，而何以至于斯也？父母兄弟，吾身也；祖宗，父母之本也；族人，兄弟之分也,不可以不思也。思则饥寒而相娱,不思则富贵而相攘;思则万叶而同室,不思则同母而化为胡、越⑭;思不思之间而已矣。人之生子,方其少时,兄弟呱呱怀中,饱而相嬉,不知有彼我也。长而有室⑮,则其情已不类矣。比其有子也,则兄弟之相视,已如从兄弟之相视矣⑯。方是时,惟恐夫去之不速,而孰念夫合之之难,此天下之势所以日趋于离也。吾爱其子而离其兄弟,吾之子亦各念其子,则相离之害,遂及于吾子,可谓能爱其子耶?"

有光每侍家君⑰,岁时从诸父兄弟执觞上寿⑱,见祖父皤然白发⑲。窃自念,吾诸父兄弟,其始一祖父而已。今每不能相同,未尝不深自伤悼也。然天下之事,坏之者自一人始,成之者亦自一人始。仁孝之君子,能以身率天下之人,而况于骨肉之间乎?古人所以立宗子者,以仁孝之道责之也。宗法废而天下无世家,无世家而孝友之意衰。风俗之薄日甚,有以也。

有光学圣人之道,通于六经之大指。虽居穷守约,不录于有司⑳,而窃观天下之治乱,生民之利病,每有隐忧于心。而视其骨肉,举目动心,将求所以合族者㉑,而始于谱。故吾欲作为归氏之谱,而非徒谱也,求所以为谱者也。

【注释】

①长老：年长者。

②幼年失母：正德八年（1513），归有光八岁时丧母。

③不自释：不能自我宽解。

④诸父：伯父、叔父。

⑤冥冥汶汶：智识昏庸，不明事理。

⑥岁时荐祭：年节和祭日供献祭品。

⑦秒（miǎo）忽：极小的量度单位。多形容甚少、甚微。

⑧俎豆壶觞：泛指盛祭品的器皿。俎，古代祭祀、燕飨时陈置牲体或其他食物的礼器。豆，古代食器。亦用作装肉的祭器。形似高足盘，大多有盖。多为陶质，也有用青铜、木、竹制成的。

⑨班行少缀：祭祀时不按次序。

⑩戒宾：约请宾客。

⑪馂（jùn）：吃剩下的食物。

⑫易荐新之品：祭祀用的新鲜食物。

⑬素节翁：指归度，字彦则，号素节。

⑭胡、越：指相隔甚远，比喻疏远隔离。胡，指北方少数民族，其所居之地为胡地。越，南方古国名。

⑮有室：指男子娶妻。

⑯从兄弟：叔伯兄弟。

⑰家君：父亲。归有光父亲归正，字表民，号岫云。

⑱诸父兄弟：指归中、归平、归准。

⑲祖父：归绅，字承宗，号三峰。皤然：白貌。多指头发。

⑳不录于有司：指考试不中。

㉑合族：家族团结和睦。

【赏读】

归有光的作品中最为人称颂的是"事关天属"类的文章，这源于他根深蒂固的传统儒家道德观。对宗法的重视，对家庭的渴望，是归有光思想的重要底色。明代中叶以后，传统的道德观念被不断挑战，社会的发展处于不断的躁动中，"人心不古"成为了时代的大趋势。归氏家族在洪流中也开始分崩离析，"死不相吊，喜不相庆"，大家族开始土崩瓦解。人性也在强调个性的潮流中沦落，"贪鄙诈戾"者杂出其间，还有的人变得"贫穷而不知恤，顽钝而不知教"，有人"入门而私其妻子，出门而诳其父兄"，人们只看到自己的利益，不再顾及家族的利益。面对归氏家族的堕落与崩坏，归有光却难以力挽狂澜，只得太息流涕道："嗟乎！此独非素节翁之后乎，而何以至于斯也？"归有光很多文章中流露出末法时代的哀伤与恐慌或许就来源于此。

归有光还撰有《归氏世谱》《归氏世谱后》，其时为嘉靖二十年（1541），归有光三十六岁，文末道"有光受命于吾祖，而其述止此"，显然意犹未尽，于是他将胸中郁结在此文中发出，希望自己的家族能够"合族"，文末"非徒谱也，求所以为谱者也"将全文感情收敛于内，意味深长。

卷三 序体之文

余谓文章,天地之元气。得之者,其气直与天地同流。

项思尧文集序①

永嘉项思尧与余遇京师,出所为诗文若干卷,使余序之。思尧怀奇未试,而志于古之文,其为书可传诵也。盖今世之所谓文者难言矣,未始为古人之学,而苟得一二妄庸人为之巨子②,争附和之,以诋排前人。韩文公云③:"李、杜文章在,光焰万丈长。不知群儿愚,那用故谤伤!蚍蜉撼大树,可笑不自量。"④文章至于宋、元诸名家⑤,其力足以追数千载之上,而与之颉颃⑥;而世直以蚍蜉撼之,可悲也。无乃一二妄庸人为之巨子以倡道之欤!

思尧之文,固无俟于余言,顾今之为思尧者少⑦,而知思尧者尤少。余谓文章,天地之元气。得之者,其气直与天地同流。虽彼其权足以荣辱毁誉其人,而不能以与于吾文章之事;而为文章者亦不能自制其荣辱毁誉之权于己。两者背戾而不一也久矣,故人知之过于吾所自知者,不能自得也。己知之过于人之所知,其为自得也,方且追古人于数千载之上。太音之声⑧,

何期于《折杨》《皇华》之一笑⑨!吾与思尧言自得之道如此。思尧果以为然,其造于古也必远矣。

【注释】

①项思尧(1522~1568):名文焕,字文尧,号孤屿山人,永嘉七甲(今属浙江温州)人,广东参政项乔之子。屡试不第,抑郁以终。

②妄庸人:此指明代"后七子"的领袖王世贞及其追随者。王世贞(1526~1590),字元美,号凤洲,又号弇州山人,太仓(今属江苏)人,明代文学家、史学家,与李攀龙、徐中行、梁有誉、宗臣、谢榛、吴国伦合称"后七子"。妄庸,平庸凡劣。巨子:对某一方面权威人物的泛称。

③韩文公:韩愈(768~824),字退之,河南河阳(今河南孟州南)人,自谓郡望昌黎,世称韩昌黎。又谥曰"文",故又称"韩文公"。

④"李、杜文章在"六句:语出韩愈《调张籍》。蚍蜉,大蚁。

⑤宋、元诸名家:主要指欧阳修、苏洵、苏轼、苏辙、王安石、曾巩等古文名家。

⑥颉颃:谓不相上下,相抗衡。

⑦为思尧者少:指像项思尧这样"志于古之文"的人很少了。

⑧太音:犹言雅音。

⑨《折杨》《皇华》：古代民间俚曲。见《庄子·外篇·天地》："大声不入于里耳，《折杨》《皇华》则嗑然而笑。"

【赏读】

本篇系归有光为友人诗文集所作序，同时也是一篇阐述其文学主张的论文，在其著的序中具有重要价值。文章先对本作来由进行了说明，是项思尧托归有光为其诗文集作序。项思尧致力于古文写作，这与归有光的想法是契合的，但另一方面这种主张又是不与时局相投的。因而引发了归有光对于文坛拟古之风进行批驳，矛头所指正是文坛巨子王世贞。

作为明代"后七子"领袖的王世贞在《艺苑卮言》卷三中有言："西京之文实，东京之文弱，犹未离实也。六朝之文浮，离实矣。唐之文庸，犹未离浮也。宋之文陋，离浮矣，愈下矣，元无文。""七子派"在文章风格上强调以先秦两汉为典范，古体诗歌推重汉魏，近体诗歌推重盛唐，而对于宋元之文学则往往过度贬斥，这与归有光的文学主张是大相径庭的。

韩愈写作《调张籍》时，李白、杜甫还不曾受到人们普遍的尊重，但韩愈却一反当时文坛倾向，热情地赞美李白和杜甫的诗文，表现出极度倾慕之情。归有光此时也处在这样的背景之下,因而借用这一典故,在文中肯定宋、元诸位名家的重要文学价值,并称赞"其力足以追数千载之上",认为他们的成就是可以与千年之前的文学作品相媲美的。当时文坛在复古思潮影响下,"文必秦汉、诗必盛唐"的说法大行其道,在归有光看来无疑是如蚍蜉摇撼大树,是不自量力的行为。

此外,在序文的后半部分,归有光还从"文的本质"这一角度来议论文章,其所谓"文章,天地之元气",即认为文是类似于天地之精神,或者近似于"道"这样的东西,等到领悟了这一本体意义,也就能够同天地浑然一体。这种见解是传统古文说的遗绪,也是《易传》本体宇宙论的延伸。在此主张下,文章自有其客观的价值标准,不是任何权威和个人能够任意荣辱毁誉的。

雍里先生文集序①

雍里先生少为南都吏曹②，历官两司③，职务清简，惟以诗文自娱。平居，言若不能出口，或以不知时务疑之。及考其莅官所至，必以经世为心，殆非碌碌者。嗟夫！天下之俗，其敝久矣。士大夫以媕娿雷同④，无所可否，为识时达变。其间稍自激励，欲举其职事，世共訾笑之，则先生之见谓不知时务也固宜。予读其应诏陈言，所论天下事，是时天子厉志中兴之治，中官镇守历世相承不可除之害⑤，竟从罢去⑥。昔人所谓文帝之于贾生⑦，所陈略见施行矣⑧。当强仕之年⑨，进位牧伯⑩，为外台之极品⑪，亦不为不遇。而遂投劾以归⑫。

家居十余年，闭门读书，恂恂如儒生⑬。考求"六经"、孔、孟之旨，潜心大业，凡所著述，多儒先之所未究。至自谓甫弱冠入仕⑭，不能讲明实学，区区徒取魏、晋诗人之余，摹拟锻炼以为工⑮。少年精力，耗于无用之地，深自追悔，往往见于文字中，不一而足。暇日以其所为文,名之曰《疣赘录》⑯。予得而论序之。

以为文者,道之所形也。道形而为文,其言适与道称,谓之曰:"其旨远,其辞文,曲而中,肆而隐",⑰是虽累千万言,皆非所谓出乎形⑱,而多方骈枝于五脏之情者也⑲。故文非圣人之所能废也。虽然,孔子曰:"天下有道,则行有枝叶;天下无道,则言有枝叶。"⑳夫道胜,则文不期少而自少;道不胜,则文不期多而自多。溢于文,非道之赘哉?于是以知先生之所以日进者,吾不能测矣。录凡若干卷,自举进士至谢事家居之作皆在焉。然存者不能什一,犹自以为疣赘云。

【注释】

①雍里先生:即顾梦圭(1500~1558),明苏州府昆山(今属江苏)人,字武祥,号雍里。为人敦厚,嗜文学,常闭门读书。有《就正编》《疣赘录》。

②南都:明人称南京为南都。吏曹:官署名。东汉置,掌管选举、祠祀之事。后改为选部,魏晋以后改称吏部。

③两司:明清两代对布政使司和按察使司的合称。

④婀娜(ān ē):依违阿曲,无主见。雷同:随声附和。

⑤中官镇守:皇帝派遣中高级太监分赴各地,担任镇守

各地的监军。中官，宦官，太监。

⑥竟从罢去：归有光《中奉大夫江西右布政使致仕雍里顾公权厝志》："会诏下求言，公上疏言六事，皆时政之要。而罢去中官镇守，当世施行焉。"

⑦文帝之于贾生：汉文帝曾宣室召见贾谊，夜半倾谈，听取他陈述对于国事的意见。《史记·屈原贾生列传》载："贾生征见。孝文帝方受厘，坐宣室。上因感鬼神事，而问鬼神之本。贾生因具道所以然之状。"

⑧所陈略见施行矣：据《史记·屈原贾生列传》载："孝文帝初即位，谦让未遑也，诸律令所更定，及列侯悉就国，其说皆自贾生发之。"

⑨强仕之年：多用以表示四十岁。语本《礼记·曲礼》："四十曰强，而仕。"

⑩牧伯：称州郡长官。顾梦圭以江西右布政使致仕，相当于汉代的州郡长官，故称。

⑪外台：明代指提刑按察司。极品：指最高品级的官。

⑫投劾（hé）：呈递弹劾自己的状文。古代弃官的一种方式。

⑬恂恂（xún）：温顺恭谨貌。

⑭弱冠：古时以男子二十岁为成人，初加冠，因体犹未壮，故称弱冠。《礼记·曲礼上》："二十曰弱，冠。"

⑮摹拟锻炼：指仅从形式和文字技巧上加以学习。摹拟，模仿。锻炼，比喻锤炼文辞。

卷三　序体之文

⑯疣赘（yóu zhuì）：比喻多余无用的。

⑰"其旨远"四句：语出《周易·系辞下》。文，有文采。肆，犹显露。隐，指义理隐奥。意即：其意旨深远，其修辞颇饰文采，其语言曲折切中事理，所用典故明白显露而哲理隐奥。

⑱出乎形：出于形体。语出《庄子·外篇·骈拇》："附赘县疣，出乎形哉！而侈于性。"即多余无用之意。

⑲多方骈枝于五脏之情：语出《庄子·外篇·骈拇》："多方骈枝于五藏之情者，淫僻于仁义之行，而多方于聪明之用也。"骈枝，"骈拇枝指"的省称，比喻多余无用的东西。骈拇，拇指连第二指。枝指，旁生的手指。

⑳"孔子曰"以下四句：语出《礼记·表记》。枝叶，比喻从属的次要的事物。孔颖达疏云："故天下有道则行有枝叶者，言有道之世，则依礼所行，外余有美好，犹如树干之外更有枝叶也；天下无道则辞有枝叶者，无道之世，人皆无礼，行不诚实，但言辞虚美，如树干之外而更有枝叶也。"

【赏读】

此篇是作者为同乡顾梦圭文集所作之序，在记叙人物生平的同时，也引出了关于文与道的讨论。

首段概括雍里先生顾梦圭的生平，顾梦圭官居高位，然性情恬淡，以诗文为乐，看似不知时势，却始终以治理国事作为行事的准则，绝非平庸碌碌之辈。第二、三段主要涉及作者关于顾梦圭诗文集的介绍及文道关系的讨论。顾梦圭坦言曾一味模仿魏晋诗人，因用力于文辞雕琢锤炼而深感后悔，故所辑录之文集冠以"疣赘"二字，意即无用之文，或是顾梦圭自谦之语，归有光并未对此完全否定。

归有光认为文是道的表现形式，构成文的言则与道相称。借用《周易》中的话来说，就是意旨深远，文辞富有文采，语言曲折但切中事理，所用典故明白显露而富于哲理。总而言之，归有光认为文是道的表现，能够抒发真情实感的文不是多余的东西，这与唐代古文运动中韩愈等人所提出的"文以载道"说是相契合的。

然而归有光所推崇之道，是圣人之道、儒家之道，在根本上其认为文章言辞要与儒家之道相称才是作文的根本追求，文作为道的表现形式，具有阐发的重要意义，这是圣人也不能废弃的。因而在道的理解上，归有光又有其片面性。

此外，除却文学思想的商榷，归有光也在序文中表达对顾梦圭的理解与同情。顾梦圭能够在浊世之中，不与世俗同流，仍保持自己独立清醒的认知，不趋炎附势，为天子中兴大业而进言献策，其作为是值得称道的。顾梦圭在四十岁能够做到提刑按察司的高位也不能说是怀才不遇，至于而后如何主动弃官而归，作者并未多论。

五岳山人前集序①

　　余与玉叔别三年矣。读其文,益奇。余固鄙野,不能得古人万分之一,然不喜为今世之文②。性独好《史记》,勉而为文,不《史记》若也。玉叔好《史记》,其文即《史记》若也。信夫人之才力有不可强者。

　　夫西子病心而矉其里③,其里之丑人亦捧心而矉其里。其里之富人见之,坚闭门而不出,贫人见之,挈妻子去之而走。余固里之丑人耳。若有如西子者而为西子之矉,顾不益美也耶?故曰:"知美矉而不知矉之所以美④。"夫知《史记》之所以为《史记》,则能《史记》矣。故曰:"喙鸣合,与天地为合,其合缗缗。"⑤甚矣,文之难言也。每与玉叔抵掌而谈⑥,相视而笑。今见其烨烨尔,洋洋尔,纯贞缅缅尔⑦,别之三年而其文之富如此,能《史记》若也。

　　荆楚自昔多文人⑧,左氏之传⑨,荀卿之论⑩,屈子之骚⑪,庄周之篇⑫,皆楚人也。试读之,未有不

《史记》若也。玉叔生于楚，其才岂异于古耶？先是，以其稿留余者逾月，似以余为知者，而命之题其后。昔韩退之才兼众体⑬，故叙樊绍述⑭，则如樊绍述；叙柳子厚⑮，则如柳子厚。余不能如玉叔也，况《史记》耶？夫苟能如玉叔，则亦里之捧心者也。

【注释】

①五岳山人：即陈文烛，字玉叔，号五岳山人，湖广沔阳（今属湖北仙桃）人。博学工诗，有《二酉园诗集》，纂《淮安府志》。

②今世之文：意即时文，时下流行的文体，旧时对科举应试文体的通称。

③矉（pín）：古同"颦"，皱眉头。

④知美矉而不知矉之所以美：语出《庄子·外篇·天运》："彼知美矉，而不知矉之所以美。"

⑤"喙鸣合"三句：语出《庄子·外篇·天地》："合喙鸣，喙鸣合，与天地为合。其合缗缗，若愚若昏，是谓玄德，同乎大顺。"意即：无心之言的混合，可与天地相融，这种融合没有丝毫痕迹。喙（huì），鸟嘴。缗缗（mín），没有痕迹。

⑥抵掌而谈：指谈得很融洽。抵掌，击掌。

⑦烨烨（yè）：明亮，灿烂，鲜明。洋洋：盛大貌。缅缅：用以形容文章或言谈连绵不尽。

⑧荆楚：荆为楚之旧号，略当古荆州地区，在今湖北湖南一带。

⑨左氏之传：即《春秋左传》，相传为左丘明所作。左丘明为春秋时鲁（今属山东）人，并非楚人，归有光误记。

⑩荀卿之论：荀子，名况，时人尊而号为"卿"，著有《荀子》一书。荀况（约前313~前238），战国时赵（今河北一带）人，在齐讲学多年，因被谗至楚，为兰陵令，著书数万言，死后葬于楚兰陵。荀子也非楚人。

⑪屈子之骚：屈子，名平，字原；又自名正则，字灵均。战国时楚人。骚，即《离骚》，屈原所作长篇政治抒情诗。

⑫庄周之篇：即《庄子》。庄子，战国时宋国蒙（今河南商丘东北）人，楚威王曾请他为相，未就。隐居南华山，著书十余万言。归有光言庄子为楚人，有误。该文所举四人，唯屈原一人为楚人。

⑬韩退之：即韩愈（768~824），字退之，卒谥文，人称韩文公，唐代著名文学家，其散文继承《史记》传统，为"唐宋八大家"之一。其诗则以文为诗，擅长古体。所作赋、诗、各类散文皆有成就，故称"才兼众体"。

⑭樊绍述：即樊宗师（？~823或824），字绍述，樊泽子。力学多通解，著有《春秋传》《魁纪公》等百余篇，别集尚多。韩愈称其论议平正有经据。韩愈有《南阳樊绍述墓志铭》，其文风即仿樊宗师的风格。

⑮柳子厚：即柳宗元（773~819），字子厚，河东解县（今山西运城西南）人。唐代著名文学家，著述颇丰，名闻于时，世称柳柳州。他是"唐宋八大家"之一，与韩愈共同发起唐代古文运动。其散文继承《史记》《汉书》传统又有所创新，风格隽爽。韩愈有《祭柳子厚文》《柳子厚墓志铭》等文，据说其风格近似柳宗元。

【赏读】

《史记》是西汉司马迁所编撰的一部纪传体史书，也是我国历史上第一部纪传体通史，它不仅成为后世正史的典范，也是后代诸多文人写作的典范。归有光就是一个钟爱《史记》的人，他一生评点《史记》多达数十次，可以说是明代最为推崇《史记》的散文家之一了。

陈文烛与归有光都是热爱《史记》之人，归有光自谦，借用东施效颦的典故，将陈文烛喻作西施，以彰显其美好品质。再者，作为同好《史记》之人，光有喜欢是远远不够的，就好比只知道西施皱眉头好看，却不知道好看在哪里。陈文烛除了爱好《史记》，并且所作之文依然贴合于《史记》的书写风格，则可谓领悟到了个中三昧。

更为重要的是，在本篇序文中，归有光谈到了在向古人学习过程中应当注意的问题，正所谓"知美矉而不知矉之所以美"，这是在学习古人写作的过程中尤其应当注意的问题,如果没有搞清楚其本质特征,而仅停留于表面的模仿,亦如文章字句的雕琢,则只能是里之丑人罢了。

全篇着重运用对比的手法,将归有光本人与陈文烛相较,表达对陈文烛的敬佩与褒扬,既推崇了友人,同时也让文章更加简洁生动。

戴楚望后诗集序①

戴楚望居环卫②，好读书，不类鹖冠者③。尤喜论《易》《尚书》《风》《雅》《颂》，皆究其旨。故其为诗，不规摹世俗，而独出于胸臆。经生学士往往为科举之学之所浸渍，殆不能及也。

今天子初年，郊丘、九庙、明堂诸所更大礼④，楚望日执戟持橐殿陛下⑤，以所见播为歌诗。昔太史公留滞周南，以天子建汉家之封，而己不得与从事以为恨。⑥而楚望可谓遭遇矣。楚望尝掌诏狱，当是时，诸臣以言事忤旨，及他诖误系狱者⑦，力保全之。予读其《九哀》，盖不肯迎承时意，至与权臣相失，几陷不测。其存心如此。噫，善人，国之纪也。楚望汲汲为国保全善类，其后当有兴者乎！

予谓楚望之诗，国史当有采焉。读之三复叹息。因序而归之。

先皇帝修代来功，楚望得官锦衣。与楚望等比者，极人臣之宠。楚望澹然不以为意，且以直道时与之忤⑧。锦衣勋卫,皆金、张、许、史之游⑨,而楚望闭门读书,入其室萧然。此尤不可及者。序中略之,因题其卷末云。

【注释】

①戴楚望:戴径,字伯常,号楚望,虽为锦衣卫军官,却敬儒者,习诗文,颇为士大夫所称道。

②环卫:宫廷禁卫,也指禁卫官。

③鹖(hé)冠:以鹖羽为饰之冠。武官之冠。

④郊丘:古天子郊祭天地于圆丘,亦指祭天。九庙:指帝王的宗庙。古时帝王立庙祭祀祖先,有太祖庙及三昭庙、三穆庙,共七庙。王莽增为祖庙五、亲庙四,共九庙。后历朝皆沿此制。明堂:古代帝王宣明政教的地方。凡朝会、祭祀、庆赏、选士、养老、教学等大典,都在此举行。

⑤持橐(tuó):成语有"持橐簪笔",谓侍从之臣携带书和笔,以备顾问。橐,口袋。

⑥"昔太史公留滞周南"三句:作者据《史记·太史公自序》节引,原文为:"是岁天子始建汉家之封,而太史公留滞周南,不得与从事,故发愤且卒。"

⑦诖(guà)误:因受他人连累而被查处。

⑧直道:犹正道。指确当的道理、准则。

⑨金、张、许、史:汉时,金日磾、张安世并为显宦。许广汉为宣帝许皇后之父。史指史恭及其长子史高,恭为宣

帝祖母史良娣之兄。宣帝即位，恭已死，封高为乐陵侯。许、史两家皆极宠贵。后因以此四姓并称，借指权门贵族。

【赏读】

戴楚望虽是锦衣卫军官，却不同于其他武官，他尤其喜欢钻研讨论《周易》《尚书》《诗经》等儒家经典，然而戴楚望又与传统学士为应举之需而埋头苦读不同，更多的是出自于个人喜好，故而写诗作文，往往能够规避世俗，而直出于心胸，这正是归有光称道之处。

戴楚望最大的特点就在于他能够在纷杂的时局中保持自己独立的思考与立场，归有光在《戴楚望集序》中即记叙道："当是时，廷臣以言事忤旨，鞫系者先后十数人。楚望亲视食饮、汤药、衣被，常保护之，故少瘐死者，其后往往更赦得出。"戴楚望不与世俗同流合污，宁可得罪权臣也不愿曲意逢迎，在其他大臣直言进谏忤逆皇帝旨意之时能够站出来保全这些善臣，可见其胆识与气魄。也正是因为他的忠勇耿介，让归有光钦佩。

另外从此篇可以看到归有光对于时文写作是很不屑的，他称赞戴楚望诗歌不规摹世俗，抒发自身感受，这是当时许多经生学士做不到的。

沈次谷先生诗序①

余少不自量，有用世之志②。而垂老犹困于闾里，益不喜与世人交，而人亦不复见过。独沈次谷先生数数过予，必以其所为诗见示，而商榷其可否。先生今年七十有八，耳目聪明，筋力强健，时独行道中。人至山麓水涯，及佛、老之宫③，往往见之。盖先生同时人多凋谢，兴之所寄，徒独往耳，无与俱也。一日，先生手自编平生所作凡若干卷，俾余序其首。

夫诗之道，岂易言哉！孔子论乐，必放郑、卫之声④。今世乃惟追章琢句，模拟剽窃⑤、淫哇浮艳之为工⑥，而不知其所为，敝一生以为之，徒为孔子之所放而已。今先生率口而言，多民俗歌谣，悯时忧世之语，盖大雅君子之所不废者。文中子谓⑦："诸侯不贡诗⑧，天子不采风⑨，乐官不达雅⑩，国史不明变，斯已久矣，诗可以不续乎？"盖三百篇之后⑪，未尝无诗也。不然，则古今人情无不同，而独于诗有异乎？夫诗者，出于情而已矣。

次谷知诗者，敢并以是质之。而其岩处高尚之志⑫，世路艰危之迹，见于其自序者详矣。故不论。

【注释】

①沈次谷：归有光同乡，长归有光二十余岁。

②用世之志：为世所用、建功立业的志向。

③佛、老：佛家和道家的并称。佛家以佛陀为祖，道家以老子为祖，故称。

④孔子论乐：典出《论语·卫灵公》："颜渊问为邦。子曰：'行夏之时，乘殷之辂，服周之冕，乐则《韶》《舞》。放郑声，远佞人。郑声淫，佞人殆。'"郑、卫之声：指春秋战国时郑、卫等国的民间音乐。因儒家认为其音淫靡，不同于雅乐，故斥之为淫声。语出《礼记·乐记》："郑卫之音，乱世之音也。"

⑤模拟剽窃：指明代"前后七子"所鼓吹的拟古主义诗风，曾被斥为"赝古"。

⑥淫哇：淫邪之声（多指乐曲诗歌）。浮艳：指文辞华而不实。

⑦文中子：王通（584~617），字仲淹，门人私谥文中子。《中说》系王通和门人的问答笔记，体例仿效《论语》敷衍成书，由王氏家人定为王道、天地、事君、周公、问易、礼乐、述史、魏相、立命、关朗十篇行世。

⑧贡诗：献诗，是古代的一种制度。将地方上的民情风

俗,写在诗里,进献给朝廷,以达到讽谏或歌颂的目的。

⑨采风:搜集民间歌谣,又称采诗。《汉书·艺文志》:"故古有采诗之官,王者所以观风俗,知得失,自考正也。"

⑩达雅:为诗配乐以合雅道。

⑪三百篇:相传《诗》三千余篇,经孔子删订存三百一十一篇。内六篇有目无诗,实有诗三百零五篇,举其成数称三百篇。后即以三百篇为《诗经》代称。《论语·为政》:"诗三百,一言以蔽之,曰:思无邪。"

⑫岩处:隐居山中。

【赏读】

沈次谷先生史传中并未有多少记录,故而难以考察其生平,不过读者却可从此篇序文,一瞥归有光晚年的生活状态。

归有光一生致力于科举仕途,然早年始终屡试不第,序文中言及垂老仍困顿于里巷之中,确是实情。而沈次谷与归有光的交情又较于同时人更胜一筹,毕竟彼时只有沈次谷多次来拜访归有光,并给他带来颇多自己游历时候的新鲜见闻,这段友谊令人羡慕。

本篇是为沈次谷诗集作序,故而不可避免讨论到诗歌创作的问题。一方面,归有光对时下追章琢句、模拟剽窃、淫哇浮艳的文坛风气进行批驳,借用孔子讨论音乐必然舍弃郑、卫国的乐曲的典故,来讽刺时下这种拟古诗风。归有光在给友人沈敬甫的一封信中也谈到:"仆文何能为古人?但今世相尚以琢句为工,自谓欲追秦、汉,然不过剽窃齐、梁之余,而海内宗之,翕然成风,可谓悼叹耳。"另一方面,归有光又从沈次谷本身的诗作出发,沈诗虽多率口而言之作,并且多为民俗民谣,但却多发悯时忧世之言论,其中饱含真情,归有光认为这是才德高尚的人不会废弃的,对诗作表达了自己的称赞之情。

此外,从序文当中还可以看到归有光对于"诗言志,歌咏言"这一文学传统的继承,"夫诗者,出于情而已矣",这也是为何沈次谷的诗虽不免俚俗之处,但仍能得到归有光认可的原因。

草庭诗序

庐陵康君奭①,字才难。来游吴中②,士大夫皆乐与之交。将还,为歌诗赠之,而以草庭为题。凡为诗若干首,请余为之序。

草庭者,君居家精舍名也。君家在西昌郭外③,临大江。日闭户读书其中,用周子"庭前草不除"之语④,以名其室。盖周子得孔、孟之心于千载之下,即此庭草不除,与己意同而已。庄子曰:"鯈鱼出游从容,是鱼乐也。"⑤惠子曰:"子非鱼,安知鱼之乐。"庄子曰:"子非我,安知我之不知鱼之乐?"人与万物一体,其生生之意同⑥。故"昆虫未蛰,不以火田,不麛,不卵,不杀胎,不殀夭,不覆巢",⑦此心也。"赍若草木",⑧此心也。"天下雷行,物与无妄,先王以茂对时育万物",⑨同此生生之意而已。知此,则知所谓鸢飞鱼跃⑩,与"必有事焉而勿正"之义同⑪。而程子再见周茂叔,吟风弄月以归,有"吾与点也"之趣⑫。岂谓濠上之游,以庄子非鱼而不知鱼之乐也哉?

周子家道州，二程子从受学焉，即今江西之南安。其后象山[13]、草庐，相望而出，俱在大江之西。而庐陵自欧阳公以来[14]，文章节义，尤称独盛。谓其皆无得于斯道，不可也。

今数年来，海内学者绝响，而江右一二君子，犹能抱独守残[15]，振音于空谷之中。当世学沦丧，而岿然有存者。君生其乡，岂谓无所闻哉？何君本彻，实君之弟子，而与余有太学之旧[16]，尤数称君行谊超然世俗利欲之外。余故为序所以为草庭之意，而其为诗者盖不必论也。

【注释】

①庐陵：吉州，即现在江西吉安。

②吴中：今江苏苏州市吴中区、相城区一带。亦泛指吴地。

③西昌：三国吴分庐陵县置，属庐陵郡。治所在今江西泰和。

④周子：周敦颐（1017~1073），字茂叔。因筑室庐山莲花峰下的小溪上，以濂溪名之，后人遂称"濂溪先生"。道州营道（今湖南道县）人。程颢、程颐皆为其弟子。后以疾求知南康军，卒于任，封汝南伯，谥元公。庭前草不除：典出《周子抄释》："周茂叔窗前草不除去，问之，云：'与自

家意思一般。'子厚观驴鸣，亦谓如此。"

⑤"庄子曰"二句：语出《庄子·外篇·秋水》。鲦(tiáo)鱼，体小，呈条状，肉可食，生活在淡水中。

⑥生生：孳生不绝，繁衍不已。

⑦"昆虫未蛰"七句：语出《礼记·王制》。蛰(zhé)，动物冬眠，藏起来不吃不动。火田，以火焚烧草木而田猎。麛(mí)，幼鹿，泛指幼兽。卵，特指动物的蛋。殀(yāo)夭，砍伐或杀死幼物。

⑧贲(bì)若草木：语出《尚书·汤诰》："天命弗僭，贲若草木，兆民允殖。"贲若，形容草木丰茂。

⑨"天下雷行"三句：语出《周易·无妄》，意即：天下雷声震行，象征万物敬畏都不妄为；先代君王因此用天雷般的强盛威势来配合天时、养育万物。

⑩鸢飞鱼跃：谓万物各得其所。《诗经·大雅·旱麓》："鸢飞戾天，鱼跃于渊。"孔颖达疏："其上则鸢鸟得飞至于天以游翔，其下则鱼皆跳跃于渊中而喜乐，是道被飞潜，万物得所，化之明察故也。"

⑪"必有事焉而勿正"：语出《孟子·公孙丑》："必有事焉，而勿正，心勿忘，勿助长也。"意即：（我们必须把义看成心内之物）一定要培养它，但不要有特定的目的；时时刻刻地记住它，但是也不能违背规律地帮助它生长。

⑫程子：指程颢、程颐。吟风弄月：谓吟玩风月。形容心情闲适洒脱。宋朱熹《伊洛渊源录·濂溪先生》："明道先

生言,自再见周茂叔后,吟风弄月以归,有'吾与点也'之意。"吾与点也:典出《论语·先进》:"(曾点)曰:'莫春者,春服既成,冠者五六人,童子六七人,浴乎沂,风乎舞雩,咏而归。'夫子喟然叹曰:'吾与点也!'"

⑬象山:原名应天山。在今江西贵溪。《大明一统志》卷五十一《广信府》:象山"初名应天山,宋儒陆九渊尝读书于此,以山形如象更今名。"陆九渊自号象山翁,学者称其为象山先生。所著后人辑为《象山先生全集》。

⑭欧阳公:即欧阳修(1007~1072),字永叔,号醉翁、六一居士。吉州吉水(今属江西)人。博学多能,有志于史学、文学。

⑮抱独守残:同"保存守缺",原指汉代今文经学派儒生墨守残缺不全的今文经典而拘执一家之言。此指坚持自己一贯的主张。

⑯太学之旧:明以后不设太学,设国子监。在监读书的称太学生。这里指何本彻与归有光是国子监的同学。

【赏读】

所谓"庭前草不除",这一典故出自于时人与濂溪先生周敦颐的对话。周敦颐读书的时候,喜欢看窗外庭院里的杂草生长而不去打理,别人问他何故,他先是回答:"与自家意思一般。"看别人不甚明白,又说:"观天地生物气象。"前一句话的意思是说,那些杂草,同自己一样,是天地所生,也是生命,为什么要去铲除呢?后一句的意思是,自己从窗前野草疯长的势头里,看到了天地化生万物的蓬勃生气。从这一典故出发,能帮助我们更好地理解本篇序文的题目与核心论点。

周敦颐有"庭前草不除"的乐趣,庄子亦有"子非我,安知我不知鱼之乐"的思辨,庄子的濠上之游,是体现一种悠然自得的心境,庄子是明白鲦鱼出游从容之乐的。而这些典故又共同指向一个主题,即人与万物合为一体,从而孳生不绝,繁衍不息。因而不论是护佑幼时的虫鱼鸟兽,还是繁盛如草木,都不应当妄为而应当心存之。明白了这个道理,也就懂得所谓"鸢飞鱼跃"万物各得其所与"必有事焉而勿正"所要表达的是不要违背客观规律、不要抱有特定目的处事这一共同要义。

周敦颐不除庭草,保持草的茂密,正是他愿意看到万物生生不已,各得其所。而程颢、程颐拜见老师周敦颐归来,一路吟风弄月,也正是说明他们是赞同老师的看法的,而此种会意颇有孔子言说"吾与点也"之趣。

另外归有光在文中仍不忘对友人夸赞,世学沦丧,泥沙俱下,而能于浊世之中岿然不动,超脱于尘俗,高标周程,是令人敬佩的。

史论序

西汉以来，世变多故。典籍浩繁，学者穷年不能究。宋世号称文盛，当时能读史者，独刘道原[①]。而司马文正公尝言[②]："自修《通鉴》成[③]，惟王胜之一读[④]，他人读未终卷，已思睡矣。"今科举之学，日趋简便。当世相嗤笑以通经学古为时文之蠹[⑤]，而史学益废不讲矣。

遗石先生自少耽嗜史籍[⑥]，仿古论赞之体[⑦]，为书若干万言。而先生尤自珍祕，不肯轻以示人。往岁司教黄冈，时时与客泛舟赤壁之下[⑧]。舟中常持《史论》数卷。会督学使者将至[⑨]，先生浮江出百里迎之。舟至青山矶，风波大作，船几覆，但问从者"《史论》在否"？与司马公所称孙之翰事绝类[⑩]。之翰之书，得公与欧、苏二公，而后大显于世。先生自三五载籍迄于宋亡[⑪]，绵络千载，非止有唐一代之事。东坡所谓暗与人意合者，世必有知之矣。

有光为童子时，以姻家子弟[⑫]，获侍几杖[⑬]。先生一见，以天下士期之⑭。俯仰二十余载，濩落无成⑮，恐遂没没，有负先生之教。而先生之门人，往往至大官。方在黄冈，一时藩臬出西陵⑯，执弟子礼，拜先生于学宫。诸生叹异之。而今闽省右辖秦君鳌尤笃师门之义⑰，每欲表章是书而未及也。

先生语予曰："子为序吾书。然勿有所称述。第言'其人平生无他好，独好读书，老而不倦'也。"予受命唯唯，退而谨书之。

【注释】

①刘道原：刘恕（1032～1078），字道原，筠州（今江西高安）人。少颖悟，书过目即成诵。著有《五代十国纪年》及《通鉴外纪》等。

②司马文正公：司马光（1019～1086），字君实，谥文正，陕州夏县（今属山西）人。北宋政治家、史学家、文学家，主持编纂了中国历史上第一部编年体通史《资治通鉴》。

③《通鉴》：《资治通鉴》（常简称《通鉴》），是由北宋司马光主编的一部多卷本编年体史书，共二百九十四卷。主要以时间为纲，事件为目，从周威烈王二十三年（前403）写起，到五代后周世宗显德六年（959）征淮南停笔，涵盖十六朝1362年的历史。

④王胜之：王益柔（1015～1086），字胜之，河南人，王曙之子，用荫入官。自少好学，通阅群书，受司马光赏识。

⑤时文：时下流行的文体，旧时对科举应试文体的通称。蠹（dù）：蛀蚀器物的虫子。

⑥遗石先生：归有光同县学官梁遗石，归有光的老师。

⑦论赞：附在史传后面的评语。

⑧赤壁：即赤鼻山，亦作赤壁矶。在今湖北黄冈。北宋苏轼谪居黄州，作《前赤壁赋》《后赤壁赋》《念奴娇·赤壁怀古》，误认为即东汉建安十三年（208）孙权、刘备联军大破曹操于赤壁之处。

⑨督学使者：学政的别称。明清派往各省督导教育行政及主持考试的专职官员。也称"督学"。

⑩孙之翰：孙甫（998~1057），字之翰，许州阳翟（今河南禹州）人。著有《文集》七卷，《唐史记》七十五卷。

⑪三五：指三皇五帝，泛指远古时代的帝王。载籍：书籍，典籍。

⑫姻家子弟：归有光幼年曾依外祖家生活，得到舅氏的照顾，七岁和堂兄有嘉一同入学。姻家，联姻的家族或其成员。子弟，泛指年轻后辈。

⑬几杖：坐几和手杖，皆老者所用，古时常用为敬老者之物，亦用以借指老人。

⑭天下士：才德非凡之士。典出《史记·鲁仲连邹阳列传》："始以先生为庸人，吾乃今日知先生为天下之士也。"

⑮濩（huò）落：原谓廓落。引申谓沦落失意。

⑯藩臬（niè）：藩司和臬司。明清两代布政使和按察使

的并称。

⑰右辖：右丞的别名。左右丞管辖尚书省事，故右丞称右辖。

【赏读】

史学日渐荒废而不受文人重视，是明代科举制导引下的负面影响，归有光对此是极为不满的。而列举宋代只有刘道原能读史，《资治通鉴》也只有王胜之能够坚持读下去的例子，一方面是谓读史之难，另一方面也可见近代以来对史学重要价值的忽视。

本篇序文是归有光为老师梁遗石的数卷《史论》所作的序，梁遗石从小就爱好史书典籍，并且模仿古人论赞的体式来进行写作，著述颇丰。这些史论文所辑成的集子更是梁遗石的一生至宝，序文中谈到遗石先生即便是泛舟途中仍常携《史论》，一次风波大作，船几乎翻沉，但其首要关心仍是"《史论》在否"，可见此书是其在生死关头依然首要挂念之物，尤为重要。遗石先生对于史籍的热爱以及自身著作的重视，在一定程度上也影响了归有光对史书的热爱，在《五岳山人前集序》中论及归有光一生评点《史记》多达数十次即可见一斑。

此外归有光在论及老师的著作时，借用孙之翰的书经由司马光、欧阳修、苏东坡的赏识而能够在后世显名这一例，推及老师的作品内容上自三皇五帝，下至宋朝灭亡，时间跨度极大，内涵颇丰，后来一定也有人懂得老师的作品。

文章最后写梁遗石交代序文不必称扬述说，但归有光还是在行文中侧面地表现了老师桃李满天下，高徒不绝。

正俗编序

龚君世美,余之畏友,卓然自立者也。先辈吴三泉先生,善品题人物,不轻许可,独爱敬君。尝手录其举业文字①,示门人曰:"诸君焉能及此?"龚君亦慕先生行高,尝介先生友沈世叔请师之。先生骇然,曰:"龚君,吾愿为之执鞭而不可得②,是何言耶?"既见,延之上坐,定为宾友而退。一时名士若李中丞廉甫,常冀龚君一晤,莫能得。龚君偶过之,至驰束报同列曰:"龚君过我矣。"其见重若此。

岁庚戌③,余自春官下第归④,龚君以《海潮歌》见慰。余叹异之,其辞壮伟,直追太白《庐山行》⑤,余岂能及哉?顷余自长兴改顺德,龚君以文送之,则叙事去太史公不远矣。余谓今秀才如龚君绝少。往来者皆闻余言,不诬也。

兹余从事中秘⑥,龚君寓书⑦,勉余以圣贤事业;颇自嗟其不遇,因示余以所作《六事衍诗》《四礼议》《居家四箴》,属余序。余览之,盖皆风教所关⑧,乃余有官者之责，龚君独惓惓焉⑨。余复奚辞？夫知龚君莫若余。是作也，人能知之；人不知者，余能言之。略述龚君夙昔⑩，而为之序。

【注释】

①举业：为应科举考试而准备的学业。明清时专指八股文。

②执鞭：持鞭驾车。多借以表示卑贱的差役。此为谦辞。

③庚戌：即嘉靖二十九年（1550），这年归有光应礼部试下第南还。

④春官：明初四辅官之一，洪武十三年（1380）罢中书省，九月置春、夏、秋、冬四辅官。

⑤太白：即李白。《庐山行》：或指李白《望庐山瀑布二首》，一为五言古诗，一为七言绝句。一般认为是唐玄宗开元十三年（725）前后李白出游金陵途中初游庐山时所作。

⑥中秘：中书省和秘书省的合称。

⑦寓书：寄信，传递书信。

⑧风教：风俗教化。语出《诗·大序》："风，风也，教也。风以动之，教以化之。"

⑨惓惓（quán）：深切思念，念念不忘。

⑩夙昔：泛指昔时、往日。

【赏读】

《诗·大序》有言:"风,风也,教也。风以动之,教以化之。"自《诗经》以来,国家就一直强调诗歌的社会作用,正所谓"上以风化下,下以风刺上",可见诗歌对于世俗的影响。在本篇序文当中,如题目所言,正俗,是为匡正风俗,讲求诗歌所带来的风化作用,以期对后世有所影响。

对于龚世美的描写,既从正面出发,写其卓然自立的品性,又从侧面描写,通过先辈吴三泉对其赏识有加,李廉甫因得到龚氏的拜访而大喜等事例,表现出龚世美的独到之处,值得尊敬。

此外龚世美在诗文上大有作为,归有光称赞其诗作直追李白,而叙事之文接近司马迁,虽然归有光行文之中不乏对友人的溢美之辞,然其确是大才。奈何造化弄人,时运不济,龚世美也只能空怀一腔报国志而难有起用的机会,其作品与风俗教化有关,也可看到其对社会民生的关注,归有光在文中也表达了对友人的同情之意。

陟台图咏序

南阳宋侯,繇进士出宰昆山①。自以少服其考衡州君及母夫人之训,不及见其显荣,负终天之憾②。有感于《陟岵》之诗③,扁其居曰陟台。三年政成,被召。门人陈九德为《陟台图咏》一卷。江以南诸山,凡侯足迹之所至,悉为寄其登陟之意。

夫《陟岵》,孝子行役而念其亲也。方其上下冈屺④,徘徊瞻跂⑤,迫切之情可想。然《采薇》之诗曰:"今我来思,雨雪霏霏。"是一岁而归也。《东山》之诗曰:"自我不见,于今三年。"是三年而归也。盖孝子之役,有时而归,其陟有时而止矣。今侯之归有时,而其父母之归者无时。无时而归,无时而不陟也。奚独于江之南哉?九德盖道其所见云尔。

昔者三代之世,有民社之寄,必取夫孝友令德之人⑥,以能慈祥岂弟⑦,不肯虐用其民,而务生全之。是以其政不严而化,其效可以兴礼乐,繇出之有其本也。侯宰剧县⑧,能以简靖为治,事事求便于民。吴中吏民，称之不容口。人谓侯之才力度越于人，而不知其本不外于此。

卷中多郡中名士，绘画之工，比兴之美，极一时之盛。昔人废《蓼莪》之篇⑨，九德著陟岵之事，其于尊师重谊，推广孝思于无穷，一也。予故序之。且以示昆之吏民，使知侯所以为政之本如此云。

【注释】

①出宰：由京官外出任县官。

②终天之憾：指到死的时候都清除不了的悔恨或不称心的事情。

③《陟岵》（zhì hù）：《诗经·魏风·陟岵》："陟彼岵兮，瞻望父兮。"后因以"陟岵"为思念父亲之典。陟，登高。岵，多草木的山。

④冈：山脊。屺（qǐ）：没有草木的山。

⑤瞻跂（qǐ）：亦作"瞻企"。翘足仰望。

⑥孝友：事父母孝顺、对兄弟友爱。令德：美德。

⑦岂弟：和乐平易。

⑧剧县：政务繁重的县分。汉时有剧县、平县之称。

⑨蓼莪（lù é）：《诗经·小雅》篇名。此诗表达了子女追慕双亲抚养之德的情思。后因以"蓼莪"指对亡亲的悼念。

【赏读】

《毛诗序》曰："《陟岵》，孝子行役，思念父母也。"南阳宋侯早年丧父的经历让他对于父母之情尤为珍重，奈何父母不能等待宋侯春风得意之时，而使宋侯身负终天之憾事，故而取题于《诗经·魏风·陟岵》，以陟台为名，以示追念之情。

这是个令人动容的故事，如《采薇》诗中行役之人有"昔我往矣，杨柳依依。今我来思，雨雪霏霏"之叹，一年的时间也都回来了；《东山》诗中士兵"自我不见，于今三年"，时间虽长，但三年后总算是归来了。而对于宋侯而言，其归之有时，但是父母却再也不会回来，真是"树欲静而风不止，子欲养而亲不待"，独留宋侯一人陟台独伤。

再回题目而言，所谓《陟台图咏》是宋侯门人陈九德为其游历所作的图咏，记录了郡中的名士，而宋侯本身简靖为治，求便于民，具有卓越的政治才能，是一位值得铭记的好官。

彩衣春宴图序

吴、粤于三代,不在五服之内①。春秋于吴犹夷之。最后秦取楚,吴始内属。及略取陆梁②,皆以为郡县。然一日有事,杜横浦、阳山、湟溪之关,即与中国隔绝。及汉兵下汇、离、牂牁之水③,然后五岭以南,遂为天子之邦。至今千有余岁。会稽、南海,其文物常胜于河、雒、齐、鲁④。古称冀为中州,盖天地之气有所钟,即为中州。则知今吴、粤之盛,不可泥古而论也。余数见番禺之士,往往秀颖,古所谓中州不能过。一日胥会京师,尝窃叹四方万里之外,弹冠结绶于朝⑤,国家威灵,轶于三代矣。

南海郑祖钦昊与余同榜进士,同试吏大司空⑥。其貌冲然,有德君子也。自始兴张文献公、余襄公,皆岭海之产⑦。至今朝丘文庄公⑧,相继屹然为名臣。吾于同榜中尝私目之,庶几有复绍前哲而起者⑨,盖于祖钦望之。

一日,祖钦道其尊君养新翁,居家乐志,有书史之娱，有山海之观，有荔枝洲、花坞、昌华、芳春园林之胜，因慨然起万里衡阳之感⑩，又自计明年当得州县，便道归，可以过家上寿也⑪。余又叹当周之盛时，士有驱驰王事，不得见其父母，如《陟岵》之诗者矣。今番禺去京师万里，祖钦一旦思其亲，可以计日而还，则士之生于今时者又何幸也！会有为祖钦绘《彩衣春宴图》者，因为序之云。

【注释】

①五服：古代王畿外围，以五百里为一区划，由近及远分为侯服、甸服、绥服、要服、荒服，合称五服。服，服侍天子之意。

②陆梁：秦时称五岭以南为陆梁地。

③牂牁（zāng kē）：一作牂柯江。即今云南、贵州两省境内之北盘江及广西之红水河。

④文物：指礼乐制度。古代用文物明贵贱，制等级，故云。河、雒（luò）：指黄河与洛水两水之间的地区，亦称"河洛"。齐、鲁：是中国区域范围名称，指今山东，该名始于先秦齐、鲁两国。

⑤弹冠：弹去冠上的灰尘，整冠。结绶：佩系印绶，谓出仕为官。

⑥大司空：明清工部尚书的别称。

⑦始兴：郡名。三国吴甘露元年（265）分桂阳郡置。

治曲江（今韶关西南）。辖境相当今广东连江、瀚江流域以北地区。岭海：指两广地区。其地北倚五岭，南临南海，故名。

⑧丘文庄公：丘濬（1420~1495），字仲深，琼山（今属海南海口）人，明代中期著名的思想家、史学家、政治家、经济学家和文学家，被史学界誉为"有明一代文臣之宗"。

⑨复绍：或作"绍复"，继承复兴，继承恢复。

⑩万里衡阳：语出杜甫《归雁二首》"万里衡阳雁，今年又北归"。

⑪过家：还乡。上寿：祝贺寿辰。

【赏读】

本篇是归有光为郑祖钦《彩衣春宴图》所作的序文，文章开篇并未直言其图，而是对郑祖钦的背景进行铺垫。吴粤之地多才子名士，虽然吴粤并非最早划入国家版图的地域，但是至秦时统一全国，就已经纳入到整个国家的辖域之中，至明已有千余年。或许时人往往存在偏见，认为吴粤之人多蛮夷，殊不知其礼乐文化已胜过中原地区，所以归有光在序文中说，"不可泥古而论"，不能仍以一成不变的眼光看待吴粤。

归有光在这里既以自己的亲身经历，通过在朝臣集会上对番禺之士的观察，见其秀颖，又通过列举历来出自吴粤之地的贤人名臣,来说明吴粤之地自有其钟灵毓秀之处,从而衬托同样出自于粤地的郑祖钦也具备这样的特点。

另外序文中还表达了对当时国家社会的赞美之情,古人行役于外想要回乡看望父母是很艰难的事情,但是在归有光所处的时代,尽管番禺距离京师有千万里之远,但若是郑祖钦想念亲人,也可以在较短的时间得以完成。实在是生在当时社会的幸运,同时也是对国家政治的讴歌。

王梅芳时义序^①

余与东莱王梅芳^②，相知二十年。乙丑之岁，同举进士，见之于内庭，执手道生平甚欢。虽在京师尘嚣中，时时过从，坐语不觉移晷^③。梅芳论人之命运，穷达早晚，皆有定数，惟其所以自立者，不可以少有所失。其语亦人之所能道，而言之独有旨。他人言之，不能如梅芳也。以是益信其为君子。

间出其所为《时义》若干首见示。梅芳初发解山东^④，为第一人。及试南宫^⑤，即此文也，乃数诎有司，至是方举进士。梅芳之文则一而已矣，而其命运之穷达早晚所谓定数者信然。夫人之所遇，非可前知，特以其至此若有定然，而谓之数云尔。曰数，则有可推。夫其不可知，则适然而已。虽梅芳之云数，又未有以尽之。

梅芳试政天曹^⑥，而予为令鄣东，方受命过乡郡。而江陵周相圣时在长洲，亦同年相好，将梓梅芳之文以传^⑦。余固知梅芳之深者，因为序之。

【注释】

①时义：即明清科举考试中的主要形式八股文，它是明代知识分子入仕的敲门砖。时义又称时文，以与古文对举；又称制艺，表明它是据"四书"或"五经"的经义代圣贤立言的。

②东莱王梅芳：王梅芳即王肇林，字梅芳，掖县（今属山东）人。掖县在明代属莱州府，文中故称东莱王梅芳。东莱，古地名，辖境相当于今山东胶莱河以东，岠嵎山以北和乳山河以东。

③移晷（guǐ）：日影移动。犹言经过了一段时间。晷，日影。

④发解：明清时乡试举人第一名称为解元，考中举人第一名为"发解"。

⑤南宫：指礼部会试，即进士考试。

⑥试政：从政。天曹：明代吏部别称。

⑦梓：刻板，付印。

【赏读】

宿命论的观点认为国家的兴亡、人世的祸福皆由天命或某种不可知的力量所决定，因而称之为"定数"。本篇序文中的王梅芳亦是持此种观点，所谓人命运的穷达早晚，这些都是冥冥之中已经被确定的事实，而不能够预先知道。

不过,在归有光看来,这样宿命论的观点并不全面,既然已是命定之数,那么一定有可以推导的办法,而定数不可先知,大抵是因为有诸多偶然的因素。

序文中可以看到王梅芳和归有光是相识已久的老友了,而时义,即是对时政的见解,故而本篇序文,既是对友人著述思想的概述,同时也表达对友人的赞美。

尚书别解序^①

嘉靖辛卯^②，余自南都下第归，闭门扫轨^③，朋旧少过。家无闲室，昼居于内，日抱小女儿以嬉，儿欲睡，或乳于母，即读《尚书》。儿亦爱弄书，见书，辄以指循行^④，口作声，若甚解者。故余读常不废，时有所见，用著于录。意到即笔不得留，昔人所谓兔起鹘落时也^⑤。无暇为文章，留之箱笥^⑥，以备温故。章分句析，有古之诸家在^⑦，不敢以比拟，号曰《别解》。

余尝谓观书，若画工之有画耳、目、口、鼻，大、小、肥、瘠，无不似者，而人见之，不以为似也，其必有得其形而不得其神者矣。余之读书也，不敢谓得其神，乃有意于以神求之云。

【注释】

①尚书：《尚书》，亦称《书》《书经》，儒家经典之一，它是中国上古历史文献和部分追述古代事迹著作的汇编，是

我国最早的一部历史文献汇编。别解：不同寻常的见解。

②嘉靖辛卯：即嘉靖十年（1531）。

③扫轨：扫除车轮痕迹。比喻隔绝人事。

④以指循行：用手指沿着书上的字行比画。

⑤兔起鹘（hú）落：谓兔子刚出窝，鹘立即降落捕捉。比喻动作敏捷。亦比喻作书画或写文章下笔迅捷。鹘，打猎用的鹰一类的猛禽。

⑥箱筥（jǔ）：藏物用具。方的叫箱，圆的叫筥。

⑦古之诸家：指汉代以来经师的注解著作。

【赏读】

这篇序文是归有光为自己的《尚书别解》所作，即读《尚书》时候的心得笔记。本文一方面表现了归有光家庭生活的情境，另一方面也传达出归有光的读书治学之道。

嘉靖十年，归有光年二十六岁，在家闭门读书，家中儿女皆在，难得闲静，所幸小儿也喜欢读书，所以归有光才能够有更多余裕细读《尚书》。他一边读，一边思考，同时记录自己的所思所想，这一过程好似苏轼在《文与可画筼筜谷偃竹记》中所谈到的那样，"故画竹必先得成竹于胸中，执笔熟视，乃见其所欲画者，急起从之，振笔直遂，以追其所见，如兔起鹘落，少纵则逝矣"。可谓是下笔风雷，没有作成长文，多是别解，算是归有光的读书心得。

形神之辨自古以来就是文学创作的一大热门话题,读书亦如作画,光是模拟外表,纵然口耳鼻目再是相似,缺乏其神,同样会给人以不真不似的感觉。因而归有光的理想读书状态便是努力去追求、理解文中之神,而非仅仅停留于书籍外部的字句,更应深入其里。

群居课试录序

乙未之岁①,余读书于陈氏之圃。圃中花木交茂,开门见山。去廛市仅百步②,超然有物外之趣。从余游者十余人,陈氏之子婿在焉,悉年少英杰可畏人也。每环坐听讲,春风动帏,二鹤交舞于庭,童冠济济,鲁城、沂水之乐③,得之几席之间矣。

诸生间以诵读之暇,执笔请试,求如主司较艺之法。余谓考较非古也。昔人所谓起争端者也。虽然,吾观诸子之貌恂恂然④,务以相下⑤,其必不至于色喜而怨胜己也;于是,定为旬试法。试毕,录其言之雅驯者⑥。盖劝勉之意寓于其间,且以稽其前后消长之不一,广诸君相师相友之风云耳⑦。间有雄才陵轹而不束于格⑧,亦予录之所不弃也。

【注释】

①乙未之岁:嘉靖十四年,即公元1535年,归有光时年三十岁。读书于马鞍山下陈仲德家塾。

②廛（chán）市：市廛。商肆集中之处。

③鲁城、沂水之乐：典出《论语·先进》：(曾点)曰："莫春者，春服既成，冠者五六人，童子六七人，浴乎沂，风乎舞雩，咏而归。"鲁城，曲阜的别称，曲阜曾为鲁国都城，故名。沂水，县名，在山东临沂北部、沂河上游。

④恂恂：温顺恭谨的样子。

⑤相下：互相谦让。

⑥雅驯：典雅纯正，文雅不俗。

⑦风云：比喻雄韬大略或高情远志。

⑧雄才：出众的才能。陵轹（lì）：凌驾，超越。

【赏读】

"莫春者，春服既成，冠者五六人，童子六七人，浴乎沂，风乎舞雩，咏而归。"这一语出《论语·先进》的典故在归有光的文章中不止一次出现，可见，这种师生围坐共同学习的情境是归有光尤为喜欢的。在本篇序文当中，归有光言其读书于陈仲德的家塾之中，是年三十岁，学子从其游学，春风鼓动，众人环坐听讲，颇有当年子路、曾点、冉有、公西华侍坐于孔子身旁，共同谈论理想时候的情境。而在座的同样是年少英杰，后生可畏，这是令归有光开心的事情。

青年人意气风发，亦总想在试练中大显身手，所以才有这样的一篇课试的序文。归有光为诸生出题课试，再将其中典雅纯正的文章收录成集,进而相互传阅观览,广扬诸生之高情远旨,亦是美事一桩。另外在评定文章的过程中也可以看到,归有光绝非拘泥于时文格式之人,其择文更重视学生的真才实学,这也是归有光一贯的文学主张。

夏怀竹字说序

生而无名,君子以为狄道①。有名有字矣,又有号者,俗之靡也。号至近世始盛,山溪水石,遍于闾巷,然使其无夸诩之心,有警勉之意,亦非君子之所鄙。

夏焕章甫之号怀竹也②,吾有取焉。先太常墨迹妙天下③,尤工于竹,章甫允怀于兹,托之以自见,可谓知本矣。予既为说以勉之,而没其美,非所以尽劝掖之道,因复以予所以知章甫者冠于篇。曰:

吾邑宦家子弟皆知自贵重,喜为容,在稠人中,不问可知。章甫为人滑稽,与伶人伍,衣裳偏倚,步履邪施④,忽去忽来,见者咸轻之。章甫于予祖母为从孙,于予室人为姑舅之子,内外皆兄弟。室人归宁时,疾殆东还,入帷轿中,仓卒不可测。章甫亲为扶轿徐徐行,面无人色。予先驱,回顾为之陨涕。章甫又弃其家,留予视汤药,终夜不寐者二旬。室人既没,匍匐营丧事者逾月。予畸穷困顿⑤,为世所弃,死丧之威⑥,茕茕无倚,青灯孤影,独章甫款语其旁⑦。章甫笃于义如此，人固不易知也。

昔太史公自以身不得志，于古豪人侠士，周人之急、解人之难，未尝不发愤慨慕而极言之⑧。况予亲得之章甫，此乌得而无言也？

【注释】

①狄道：夷狄之道。指唯务诈力，不行礼义之道。

②夏焕章甫：即夏焕，字章甫，号怀竹，为归有光祖母的从孙，归有光的表弟。

③先太常：指夏太常，即夏昶（1388~1470），字仲昭，昆山人，累官太常寺卿。他是归有光祖母的祖父。《明史》有传。太常，中国古代朝廷掌宗庙礼仪之官。

④邪施：蹒跚貌。

⑤畸穷：非常贫穷。困顿：艰难窘迫。

⑥死丧之威：语出《诗经·小雅·常棣》"死丧之威，兄弟孔怀"。威，畏惧，可怕。

⑦款语：亲切交谈，恳谈。

⑧发愤：决心努力振作。慨慕：感叹仰慕。

【赏读】

号在中国古代是指人于名、字之外的自称，例如苏轼，字子瞻，别号东坡居士。号多为自己所起，也有他人所起。不过在归有光看来，近世人既有名又有字，还有号，如此繁复，可谓是"俗之靡也"。但如若号中没有夸耀的意思，而多是对自己的警勉，那么这不是君子所鄙夷的。

正如本篇序文，"怀竹"之号便是承于先太常擅长画竹而来，而竹自古以来就是高洁品性的象征，故而以此自见，这既是对夏焕的劝勉，同时也契合归有光的观点。

不过本篇序文的重点并非落在"怀竹"二字上，而是通过具体的生活实例来表现夏焕其人，在外怀竹与伶人为伍，行为举止略显轻浮；不过对内，尤其对于自己的亲人，却是格外照顾。归有光妻子病重，夏焕又是扶轿徐行，又是整夜不睡悉心照料，并且对归有光更是多有安慰和支持，让其能够顺利度过这一丧妻的难关，情意之笃，着实感人。

卷四 尺牍与传体

孺人卒。
诸儿见家人泣,
则随之泣,
然犹以为母寝也,伤哉!

示徐生书

徐生倬,学于余四年矣。世学之卑,志在科举为第一事。天下豪杰,方扬眉瞬目①,群然求止于是②。生非为科举文,不以从予;予不为科举文,亦无由得生。然予之期于生者,世未之知也。

今年正月,予游金陵。生为书数百言,汲汲乎恐其志之不遂,而忧予之去而失所助也。予未有以答。及是,予将计偕北上③。生愈不自聊赖,复为书乞所以为学者。

夫圣人之道,其迹载于"六经",其本具于吾心。本以主之,迹以征之,灿然炳然,无庸言矣。心之蒙弗亟开④,而假于格致之功⑤,是故学以征诸迹也。迹之著,莫"六经"若也。"六经"之言,何其简而易也!不能平心以求之,而别求讲说,别求功效,无怪乎言语之支⑥,而蹊径之旁出也。生其敏励以翼志⑦,静默以养实⑧,检约以远耻⑨,凝神定气于千载之上,"六经"之道,必有见乎其心矣。苟唯浮逞哗晔⑩,与庸同事⑪,而口舌是恣⑫,曰"吾有以异于人人",则非独生欺予,予亦欺生也。因书以勉生,且以贻二三子。

【注释】

①扬眉瞬目:倾心注目。瞬目,张眼。

②群然:共同。

③计偕:指举人赴京参加会试。

④心之蒙:指心被蒙蔽。

⑤假:借助。格致之功:格物致知的功夫,谓研究事物原理而获得知识。其为中国古代认识论的重要命题之一。语出《礼记·大学》:"欲诚其意者,先致其知,致知在格物。"

⑥支:支离烦琐。

⑦翼志:辅佑志向。

⑧养实:培养性情。

⑨检约:检点,约束。

⑩浮逞哗晔:浮夸,炫耀。

⑪庸:平庸的人。同事:行事相同。

⑫口舌是恣:任意吹嘘。

【赏读】

徐伾,昆山人,随归有光学习举业时文,但归有光对科举的弊端有着清醒的认识,他知道若只一心研习八股,是没有办法获得真才实学的,他希望徐㤚能够明白他的良苦用心,于是便有了这封言辞恳切、极见性情的书信。

其一,他劝诫徐生学习圣人之道,不当以举业为首要任务,虽然"天下豪杰,方扬眉瞬目",要在汹汹之势中坚守本心,摆脱"学而为人"的功利主义。其二,要以"六经"为根本,不要别寻异说。他劝诫徐生一定要"敏励以翼志,静默以养实,检约以远耻"。虽然归有光教授时文,但却敢于对之有清醒的认识和批判,这便是归有光远超庸人之处了。

与潘子实书

有光顿首①,子实足下②:顷到山中③,登万峰④,得足下读书处,徘徊惆怅,不能自归。深山荒寂,无与晤言,意之所至,独往独来。思古之人而不得见,往往悲歌感慨,至于泪下。

科举之学,驱一世于利禄之中,而成一番人材世道,其敝已极。士方没首濡溺于其间⑤,无复知有人生当为之事。荣辱得丧,缠绵萦系,不可脱解,以至老死而不悟。足下独卓然不惑,痛流俗之沉迷,勤勤恳恳,欲追古贤人志士之所为,考论圣人之遗经于千百载之下。以仆之无似⑥,至仅诲语累数百言。感发之余,岂敢终自废弃?

又窃谓经学至宋而大明,今宋儒之书具在,而何明经者之少也?夫经非一世之书,亦非一人之见所能定。而学者固守沉溺而不化,甚者又好高自大,听其言汪洋恣肆,而实无所折衷。此今世之通患也。故欲明经者,不求圣人之心,而区区于言语之间,好同而尚异，则圣人之志，愈不可得而见矣。足下之高明，必有以警愦愦者⑦。无惜教我，幸甚。

【注释】

①顿首：叩头，古代书信、名帖中常用的敬语。

②足下：下对上或同辈之间的敬称。

③顷：不久以前。

④万峰：即邓尉山，在今江苏苏州市吴中区西南，在太湖北部，宝界山南，相传汉代邓禹曾隐居于此，故名。山中有圣恩寺，相传是唐代万峰和尚所修，故又名万峰寺，邓尉山因此又名万峰山。

⑤没首濡溺：埋首沉溺。

⑥无似：自谦之语。无才，不肖。

⑦愦愦：糊涂，昏聩。

【赏读】

嘉靖十八年（1539），归有光曾读书于邓尉山中，此封书信便写于此时。在深山中读书，又想及近年困于乡试的经历，归有光满胸块垒，无以言说，群山荒寂，有古人遗迹在焉，欲同古人言而不得见，想与朋友吐露也是不能，只好通过书信向远方的知己表白心迹。文章的主题是抨击科举之弊，他指出科举将学子全部驱入对利禄的追求之中，导致"无复知有人生当为之事"，学子士人白首穷经，以八股为平生事业，虽然读经治学，但实际并不以儒家修身治国平天下的宏伟理想为己任，只是将圣人经书作为追名逐利的阶梯，人在唯名利之风的肆虐下逐渐异化。明末清初时，黄宗羲、顾炎武等学者都对科举有了更为清晰的认识和批判。明季之时，天下充满了"戾气"，这种"戾气"的滋生在归有光时代便开始了，科举对读书人的异化让他们唯利是图，放下了调和人生的追求与理想。文章在批判时俗的同时，表现出归有光的不合时俗，他痛恨八股举业，但出仕的理想让他又不得不研习八股，这荒唐的悖论让他十分痛苦。

上万侍郎书①

居京师②,荷蒙垂盼③。念三十余年故知,殊不以地望逾绝而少变④;而大臣好贤乐善、休休有容之度⑤,非今世之所宜有也。有光是以亦不自嫌外,以成盛德高谊之名,令海内之人见之。

有光晚得一第⑥,受命出宰百里⑦,才不逮志,动与时忤。然一念为民,不敢自堕于冥冥之中⑧。拊循劳倈⑨,使鳏寡不失其职。发于诚然,鬼神所知。使在建武之世⑩,宜有封侯爵赏之望。今被挫诎如此⑪,良可悯恻。流言朋兴,从而信之者十九。小民之情,何以能自达于朝廷?赖阁下桑梓连壤⑫,所闻所见,独深知而信之。时人以有光徒读书无用,又老大,不能与后来英俊驰骋,妄自测拟,不待问而自以为甄别已有定论矣。夫监郡之于有司之贤不肖,多从意度,又取信于所使咨访之人。只如不睹其人之面,望其影而定其长短妍丑,亦无当矣。如又加以私情爱憎,又如所谓流言者,使伯夷、申徒狄复生于今⑬,亦不免于世之尘垢，非饿死抱石，不能自明也。

　　昨者大计群吏[14]，仅免下考。今已见谓不能为吏，又使匍匐于州县，使益困迫而失其所性。辗转狼狈，不复能自振于群毁之中。夫以朝廷爱惜人才，当使之无失其所。如有光垂老不肯自摧挫，以求进于天子之科目，至三十年而不退却。一旦得之，使之从百执事，齿于下列[15]，不敢望公孙丞相、桓少傅[16]，仅如冯都尉白首郎署[17]，亦足以少答天下之士弹冠振衣愿立于朝之志矣[18]。今之时，独贵少俊耳。汉李太尉尝荐樊英等[19]，以为一日朝会，见诸侍中，并皆年少，无一宿儒大人可以备顾问者，怅然为时惜之。有光顾何敢自列于昔贤之所荐！而番番良士，膂力既愆，我尚有之。以为国家用老成长厚之风，此亦当今公卿大臣之所宜留意者也。

　　有光今已摧残至此。夫士之所负者，气耳。于其气之方盛，自以古人之功业不足为；其稍歉，则犹欲比肩于今人；其又歉，则视今人已不可及矣。方其久诎于科试，得一第为州县吏，已为逾分。今则顾念养生之计，欲得郡文学[20]，已复不可望。计已无聊，当引而去之。譬行舟于水，值风水之顺快，可以一泻千里；至于逆浪排天，篙橹俱失，前进不止，未有不没溺者也。不于此时求住泊之所，当何所之乎？

兹复有渎于阁下者：自以禽鸟犹爱其羽，修身洁行，白首为小人所败，如此人者，不徒欲穷其当世之禄位，而又欲穷其后世之名。故自托于阁下之知，得一言明白，则万口不足以败之。假令数百人见誉，而阁下未之许，不足喜也；假令数百人见毁，而阁下许之，不足慑也。故大人君子一言，天下后世以为准。有光甘自放废，得从荀卿、屈原之后矣。

今兹遣人北上，为请先人敕命[21]，及上《解官疏》[22]，并道所以。轻于冒渎，无任惶悚。不宣[23]。

【注释】

①万侍郎：万士和（1516~1586），字思节，号履庵，宜兴（今属江苏）人。嘉靖二十年（1541）进士，选庶吉士，授礼部主事，历任湖广参政、户部右侍郎、礼部尚书等。

②居京师：隆庆二年（1568）春，归有光朝京城。

③荷蒙：承蒙。垂盼：看重。

④地望：地位，名望。

⑤休休有容：形容君子宽容有气量。语出《尚书·泰誓》："其心休休焉，其如有容。"

⑥晚得一第：指归有光六十岁中进士。

⑦出宰百里：指归有光出任长兴知县。百里，《汉书·百官公卿表》："县大率方百里。"

⑧冥冥：懵懂无知。

⑨拊循：安抚，抚慰。劳徕：用恩德召之使来。

⑩建武：东汉光武帝刘秀的年号，25～57年。

⑪挫讪：贬黜。

⑫桑梓连壤：归有光的故乡昆山属于苏州府，万士和的故乡宜兴属于常州府，二府相邻。

⑬伯夷：孤竹君之子，商亡后不食周粟饿死在首阳山。申徒狄：商时人，抱石投河自尽。

⑭大计：明代考核地方官员的制度，每三年进行一次，将官员分为称职、平常、不称职三等。

⑮下列：品级较低的官员行列，指归有光被任命为长兴县令。

⑯公孙丞相：公孙弘（前200～前121），字季，少时为狱吏，四十余岁学《公羊传》，七十岁以贤良对策擢第一，为博士。官至丞相，封平津侯。桓少傅：桓荣，字春卿，东汉沛郡龙亢（今安徽怀远）人。少家贫，通《尚书》，教授徒众数百人。

⑰冯都尉白首郎署：冯唐，西汉安陵（今陕西咸阳东北）人。汉文帝时为车骑都尉，汉武帝时求贤良，已九十余岁，不能为官。

⑱弹冠振衣：整洁衣冠，指布衣、隐士愿意去朝廷做官。语出《楚辞·渔父》："新沐者必弹冠，新浴者必振衣。"

⑲李太尉：李固（94～147），字子坚，汉中南郑（今陕

西汉中）人，直言敢谏，官至太尉，下狱死。樊英：字季奇，东汉南阳鲁阳（今属河南鲁山）人，善风角、星算，安帝时，公卿举荐，皆不就。

⑳郡文学：州府学官。

㉑请先人敕命：明代制度，官员可以为祖父母、父母、妻子请求封号。

㉒《解官疏》：指归有光《乞休申文》，请求辞官。

㉓不宣：不一一细说。古人常用于书信末尾的套语。

【赏读】

归有光中举后，蹉跎半生，终于在六十岁时得中进士，对于他来说，这样一个可以为官的机会比别人更显珍贵，但是等待他的是品阶不高的长兴县令。在明代如此年龄还去地方为官，是难再有机会得到升迁、提调的。更让他始料未及的是，在长兴县任上他秉公执法，却遭到地方豪绅和县吏的排挤陷害，甚至一度有性命之忧。最终不得不调往顺德府任通判，管理马政，更是让归有光备受屈辱。这封写给万侍郎的信，将自己的不平遭际和朝廷的时弊一同揭露。虽然是吐苦水，但是全文不卑不亢，他不允许别人玷污自己的名声，"自以禽鸟犹爱其羽，修身洁行"，并以荀子、屈原自比，尽显名士风范。

答俞质甫书

人至,得初一日所惠书①,感激壮厉。三复,浪然雪涕②。嗟乎,质甫则既知之矣,岂待于千百世之后耶?仆自谓处下贱之地,如喑哑聋聩,了无所知与,乃分之宜。昨偶发愤一言,不幸遂有喜事之名。然实在于耳目之近,临时感触,出于意之所诚然,而不能已者。仆又必欲得足下发其幽光③,施之论述。非特求绘藻之工,为文章缅缅然④,观美矜炫于世而已。

顾其志意有足深悲者。《柏舟》《绿衣》之篇⑤,彼其人所处,以今日视之,尚为人道之常。而作者为之忧伤怨愤,反复叹息,盖深悼其不幸,而美其志意之不伦。圣人遂因而存之,以为千百世之法。况今日之变,万万于此,故欲与足下显其行事,使千百世之后,略知今世之人亦有出于《柏舟》《绿衣》女子之上者。虽攸斁彝伦⑥,反道败德,恂愁烦冤⑦,而天下之公理犹在人心,不至泯灭澌尽,而天地之所以不至覆坠者,有此耳。

诗曰："我躬不阅，遑恤我后！"⑧夫彼已甘就屠剔剖割，以遂其志，此岂有顾于后世之荣名者？要之仆与足下之心，如此而已。如足下卒为拚让⑨，仆何望焉！

【注释】

①惠书：称对方来信的敬辞。

②雪涕：擦拭眼泪。

③幽光：潜隐的光辉。常用以指人的品德。

④缅缅：形容文章或言谈连绵不尽。

⑤《柏舟》：一为《诗经·邶风》篇名，《诗经·邶风·柏舟序》："柏舟，言仁而不遇也。卫顷公之时，仁人不遇，小人在侧。"后因以谓仁人不得志。一为《诗经·鄘风》篇名，《诗经·鄘风·柏舟序》："柏舟，共姜自誓也。卫世子共伯蚤死，其妻守义，父母欲夺而嫁之，誓而弗许，故作是诗以绝之。"后因以谓丧夫或夫死矢志不嫁。《绿衣》：《诗经·邶风》篇名，《诗经·邶风·绿衣》："绿兮衣兮，绿衣黄里。"相传此系卫庄姜伤己之诗。古人以黄为正色，绿为间色，间色为衣，黄色为里，比喻尊卑倒置，贵贱失所。后因以"绿衣"为正室失位的典故。

⑥攸斁（dù）：败坏。彝伦：指伦常。

⑦恂愁（kòu mào）：愚昧无知。

⑧"我躬不阅"两句：语出《诗经·邶风·谷风》。

《毛诗序》:"《谷风》,刺夫妇失道也。"躬,自身。阅,被收容。遑,闲暇。恤,担忧。

⑨㧑(huī)让:谦让。

【赏读】

所谓高山流水,知音难觅,自古以来人们就有这样的慨叹,这个来自《列子·汤问》中的典故至今读来仍让人追羡。本篇文章,归有光亦表达了友人相知的激动与慨叹。俞质甫托人给归有光送信,归有光收到后不胜感激,潸然拭泪,缘何?"嗟乎,质甫则既知之矣,岂待于千百世之后耶?"大概这就是有一个人能够了解自己的想法时候的激动与快乐了,自己能够与友人相知,那又何须等待后来人欣赏呢?

元、明以降,朱熹《诗经集传》影响颇大,参考朱熹《诗经集传》中对于文中所提到的两首源于《诗经》的作品的评价,或许能够帮助我们更好地理解本篇。朱熹评《邶风·柏舟》:"妇人不得于其夫,故以柏舟自比,言:以柏为舟,坚致牢实,而不以乘载,无所依薄,但泛然于水中而已。故,其隐忧之深如此,非为无酒可以遨游而解之也。"评《邶风·绿衣》:"庄公惑于嬖妾,夫人庄姜贤而失位,故作此诗,言绿衣黄里,以比贱妾尊显。正嫡幽微,使我忧之不能自已也。"

可以看到，两首诗都有一个共通点，就是女子遭受排挤，不得于夫，尊卑倒置，贵贱失所，而此处归有光引二首是从侧面表达了自己仁而不遇的悲慨。圣人孔子能够将这两首诗选入诗三百并使之流传后世，其中志意之深悲令人动容。而自己今日的境况，在归有光看来，或许只是更甚于两首诗中所描述的境遇。归有光长年屡试不第，自身的才华得不到赏识，心中悲愤可想而知。然而，归有光并未被这样的现实所打倒，他感激有理解他的友人，更相信，无论世道如何，天下公理仍在人心。

文章末尾归有光还援引了一首《诗经》中的弃妇诗，如果说前两首是映衬归有光自己为人处世的态度，那么这一首所谓"我躬不阅，遑恤我后"则更多地是表达自己如同弃妇一般，怀才而不遇的凄凉伤感。

与陆太常书①

前在京师,天下士待选吏部者几千人。莫不相庆幸,以为当今选用至公②,请托不行,士以赇通者无道进③,海内清平可望,以陆公之在铨曹也④。及执事为太常,寻以言罢。天下之士,莫不觖然失望。

仆山野迂愚之人,居京师,不知造请⑤。而吏部门第严肩⑥,虽有敬仰之心,亦无繇而至焉⑦。幸拜今命,于内庭始得望见,又得随行于露寒、鸰鹊之间⑧。执事不鄙,为道生平相知之素,及相汲引之意⑨。言虽不行,而受执事之赐多矣。

执事又过称其文有司马子长之风⑩。子长更数千年,无人可及,亦无人能知之。仆少好其书,以为独有所悟。而怪近世数代之史,卑鄙凡猥,不足复自振。尝有志规摹前人之述作,稍为删定,以成一家之言。而汨没废弃⑪。今老矣,恐此事遂已也。瞻望咫尺,未遑诣见。岁忽云暮,感怆知己之言,特人申候⑫,草草不尽。

【注释】

①陆太常：即陆树声（1509～1605），明松江府华亭（治今上海市松江区）人，字与吉，号平泉。有《长水日钞》《陆学士杂著》《陆文定公集》。

②至公：科举时代对主考官的敬称。谓其大公无私。

③赇（qiú）：贿赂。

④铨曹：主管选拔官员的部门。

⑤造请：登门晋见。

⑥严扃（jiōng）：森严的门户。

⑦无繇：没有缘由。繇，古同"由"。

⑧露寒、鹓鹐：汉武帝于建元中所建四观中的两观，在云阳甘泉宫外。汉司马相如《上林赋》："过鹓鹐，望露寒。"这里指皇宫之内。

⑨汲引：引荐，提拔。

⑩司马子长：即司马迁。

⑪汩（gǔ）没：埋没；湮灭。

⑫特人申候：特意派人前往问候。

【赏读】

本文是一篇道谢之作，本属应酬文章，但是在归有光笔下，却多有意趣。文章开头先是对陆太常德高望重的地位进行了称道，表现出归有光对其深深敬仰，其能够成为主管选拔官员之长官是全天下士人之幸事。然而其后陆太常因为进谏而遭罢免,归有光亦为之不平。

中间部分主要记述归有光如何与陆太常相遇相识,并且受到其照拂之事,归有光对此颇为感激。陆太常曾经称赞归有光文章有司马迁的风度,对此归有光一方面表达了对先贤的敬重,另一方面也表现了自己对于司马迁的独到见解,在本书中有《史论序》一篇,其中就谈到了归有光对于《史记》的推重,同时"当世相嗤笑以通经学古为时文之蠹,而史学益废不讲矣"的感慨在本文亦有体现。所谓"而怪近世数代之史,卑鄙凡猥,不足复自振",归有光确也表达自己的忧心。奈何如今年岁已高,继续完成这一删定规摹前人述作之事也只能废止了。

山舍示学者

有光疏鲁寡闻，艺能无效①。诸君不鄙，相从于此。窃以为科举之学，志于得而已矣。然亦无可必得之理。诸君皆禀父兄之命而来，有光固不敢别为高远，以相骇眩②。第今所学者虽曰举业，而所读者即圣人之书，所称述者即圣人之道，所推衍论缀者③，即圣人之绪言。无非所以明修身、齐家、治国、平天下之事，而出于吾心之理。夫取吾心之理而日夜陈说于吾前，独能顽然无概于中乎？愿诸君相与悉心研究，毋事口耳剽窃。以吾心之理而会书之意，以书之旨而证吾心之理，则本原洞然，意趣融液④。举笔为文，辞达义精，去有司之程度亦不远矣。

近来一种俗学，习为记诵套子，往往能取高第。浅中之徒⑤，转相放效，更以通经学古为拙。则区区与诸君论此于荒山寂寞之滨，其不为所嗤笑者几希。然惟此学流传，败坏人材，其于世道，为害不浅。夫终日呻吟，不知圣人之书为何物，明言而公叛之，徒以为攫取荣利之资。要之，穷达有命，又不可必得；其得之者，亦不过酣豢富贵⑥，荡无廉耻之限，虽极显荣，只为父母乡里之羞。愿与诸君深戒之也。

【注释】

①艺能无效：指自己尚未考中进士。艺能，这里特指八股制艺的应试能力。

②骇眩：震惊，迷惑。

③推衍：推演，推论演绎。论缀：议论，发挥，补述。

④融液：犹言融为一体。

⑤浅中：谓心胸浅窄。

⑥酣豢（huàn）：谓沉醉于某种情境。

【赏读】

此篇作于嘉靖二十一年（1542），此时归有光卜居安亭，第二年开始讲学授徒，学生众多，本文即是归有光给学子们传授正确的学习方式以及如何应举的指导。

科举应试"志于得而已"，最终的目的就是榜上有名。而学习的核心就在于圣人之书，即"四书五经"，宗旨要义在于"修身、齐家、治国、平天下"，这是从《礼记》当中就一直沿用至今的儒家的人生理想所在。而无论是学习还是举业，在归有光看来，最为重要的还是

"吾心之理"。宋明理学即认为每个人心中原本就具有良知，存有天理，因而归有光提出的学习方法亦基于此，"以吾心之理而会书之意，以书之旨而证吾心之理，则本原洞然，意趣融液"，这是归有光认为的好的学习方法，进而提笔成文的时候，言辞达意、表意精准，自然就能够很好地契合考官的心意。

在文章后半部分，归有光对当时流行的"记诵套子"的取巧办法表达了极端的厌恶，这种俗学，投机取巧，只让人终日诵读"四书"等儒家经典而实则不明个中要义，实在是"败坏人材，其于世道，为害不浅"。凭借这种方法纵使位极人臣，也只是令父母乡人备感羞耻。这不仅是归有光自身所奉行的理念，同时也是对在座学子的殷切教诲。在归有光看来，举业之事，"穷达有命，又不可必得"，也可以说是归有光一生仕途的真实写照，不免多少也有一些自我宽慰之意。

先妣事略

先妣周孺人,弘治元年二月十一日生①。年十六,来归②。逾年,生女淑静。淑静者,大姊也。期而生有光;又期而生女子,殇一人,期而不育者一人③;又逾年,生有尚,妊十二月;逾年,生淑顺;一岁,又生有功。有功之生也,孺人比乳他子加健④,然收颦蹙顾诸婢曰⑤:"吾为多子苦。"老妪以杯水盛二螺进,曰:"饮此,后妊不数矣⑥。"孺人举之尽,喑不能言,正德八年五月二十三日⑦,孺人卒。诸儿见家人泣,则随之泣,然犹以为母寝也,伤哉!于是家人延画工画,出二子。命之曰:"鼻以上画有光,鼻以下画大姊。"以二子肖母也。

孺人讳桂。外曾祖讳明,外祖讳行,太学生。母何氏。世居吴家桥,去县城东南三十里⑧,由千墩浦而南⑨,直桥并小港以东,居人环聚,尽周氏也。外祖与其三兄,皆以赀雄⑩,敦尚简实,与人姁姁说村中语⑪,见子弟甥侄,无不爱。孺人之吴家桥,则治木绵，入城则缉纴[12]，灯火荧荧，每至夜分。外祖不二日，使人问遗[13]，孺人不忧米盐，乃劳苦若不谋夕[14]。冬月炉火炭屑，使婢子为团，累累暴阶下[15]。室靡弃物，家无闲人。儿女大者攀衣，小者乳抱，手中纫缀不辍[16]，户内洒然[17]。遇僮奴有恩。虽至棰楚[18]，皆不忍有后言[19]。吴家桥岁致鱼蟹饼饵，率人人得食。家中人闻吴家桥人至，皆喜。

有光七岁，与从兄有嘉入学，每阴风细雨，从兄辄留。有光意恋恋，不得留也。孺人中夜觉寝，促有光暗诵《孝经》，即熟读无一字龃龉[20]，乃喜。孺人卒，母何孺人亦卒。周氏家有羊狗之疴[21]，舅母卒，四姨归顾氏，又卒，死三十人而定，惟外祖与二舅存。

孺人死十一年，大姊归王三接[22]，孺人所许聘者也。十二年，有光补学官弟子[23]，十六年而有妇[24]，孺人所聘者也。期而抱女，抚爱之，益念孺人，中夜与其妇泣，追惟一二，仿佛如昨，余则茫然矣。世乃有无母之人，天乎！痛哉！

【注释】

①弘治元年：即公元 1488 年，弘治为明孝宗朱祐樘的年号。

②归：即"于归"的省称，古人称女子出嫁到夫家。

③不育:没有养活,夭折。

④孺人比乳他子加健:指周孺人的身体比哺育其他子女时健壮。

⑤颦蹙:皱紧眉头,形容愁苦的样子。

⑥妊不数矣:指再不会一次又一次地怀孕了。

⑦正德八年:即公元1513年。

⑧县城:指苏州府昆山(今属江苏)县城。

⑨千墩浦:地名,即今江苏昆山千灯浦。

⑩赀雄:指富有。

⑪姁姁(xǔ):和善的样子。村中语:方言土语。

⑫缉纑:将麻搓成线。

⑬问遗:慰问与赠送物品。

⑭若不谋夕:仿佛早间不能谋划晚间的生计,形容处境窘迫。

⑮累累:一串串。暴:同"曝",晾晒。

⑯纫缀不辍:缝纫不停止。

⑰洒然:整洁的样子。

⑱棰楚:鞭打,拷打。

⑲后言:指背后的埋怨之语。

⑳龃龉:牙齿上下不相合。这里比喻背诵与原文有不一致处。

㉑羊狗之疴:指由家畜传染的疫症。

㉒王三接:字汝康,嘉靖十四年(1535)进士,官至河

东都转运使。

㉓补学官弟子：即进学，俗称考取秀才。嘉靖四年（1525），归有光以第一名补苏州府学生员，时年十九岁。

㉔有妇：娶妻。嘉靖七年（1528），归有光娶光禄寺典簿魏庠次女为妻。

【赏读】

《先妣事略》是归有光的名篇，桐城派古文选本《古文辞类纂》《经史百家杂钞》皆收此文，后人对此文极为推崇，认为可比肩韩愈、柳宗元、欧阳修的作品。桐城大家梅曾亮评价此文："归熙甫《先妣事略》皆琐碎无惊人事，失母者读之，痛不可止。"这就点出了此文最大的特点，即全文无夸饰，皆述琐碎事，尽以平淡笔调出之。唐文治也曾说此文："纯用白描法，令无母之人读之，自然泪涔涔下，真血性文字也。"归有光七岁时母亲便去世，他对母亲的记忆其实是比较模糊的，很多事情都是听家里长辈所述，甚至连母亲的面貌也记不清了。家中请人为周孺人画像，说上半脸画归有光，下半脸画大姐，这是血脉的传承，也是对母亲容貌不清的悲哀。母亲周氏的形象并不特殊，事迹也是家庭琐事，但勤劳、简朴、善良的形象在归有光细腻的笔下渐渐清晰，字里行间分明透露着儿子对母亲的浓浓深情。周孺人德行高尚，但人生却充满了苦楚，出嫁后接连生子让她痛苦不堪，老妇端来螺水，认为这有避孕的效果，周孺人一饮而尽，但却因此丧失了说话的能力，因归有光对母亲的记忆有限，所以很少有详尽的描写，但这件事却写得极具画面感，想来归有光每每听家里老人说起这件事一定心如刀割。

文章还具有强烈的时间感，开头讲周孺人十六来归，其后接连生子，末尾处又言周孺人死后十一年，大姐出嫁，十二年归有光得中秀才，十六年后娶魏氏，以周孺人去世为坐标，强烈的时间将刻度刻在归有光心里，虽然时间在流逝，但丧母之痛却时时与之相伴。同时，时间所带来的还有模糊感，母亲去世时归有光尚年幼，之后竟然记不清母亲的容貌和事迹。深夜里，他与妻子追念母亲，一些画面清晰如在昨天，但其余的则茫然无从想起，这种无奈感将凄恻之情渲染得更加深刻。

筠溪翁传

余居安亭。一日,有来告云:"北五六里溪上。草舍三四楹,有筠溪翁居其间,日吟哦,数童子侍侧,足未尝出户外。"余往省之。见翁,颀然皙白,延余坐,瀹茗以进①,举架上书悉以相赠,殆数百卷。余谢而还。久之,遂不相闻。然余逢人辄问筠溪翁所在。有见之者,皆云翁无恙。每展所予书,未尝不思翁也。今年春,张西卿从江上来②,言翁居南澥浦③,年已七十,神气益清,编摩殆不去手④。侍婢生子,方呱呱。西卿状翁貌,如余十年前所见加少,亦异矣哉!

噫!余见翁时,岁暮,天风憭栗⑤,野草枯黄。日将晡⑥,余循去径还家。媪、儿子以远客至,具酒。见余挟书还,则皆喜。一二年,妻儿皆亡⑦。而翁与余别,每劳人问死生。余虽不见翁,而独念翁常在宇宙间,视吾家之溘然而尽者,翁殆加千岁人。

昔东坡先生为《方山子传》⑧。其事多奇。余以为古之得道者,常游行人间,不必有异,而人自不之见。

若筠溪翁，固在吴淞烟水间，岂方山子之谓哉？或曰：筠溪翁非神仙家者流，抑岩处之高士也欤⑨？

【注释】

①瀹茗：煮茶。

②江：指吴淞江。

③南澥浦：吴淞江南段相通的河流。

④编摩：编写。

⑤憭（liáo）栗：凄凉，哀怆。

⑥晡：申时，即午后三点至五点。

⑦妻儿皆亡：嘉靖二十七年（1548），归有光与魏氏所生子去世，年十六岁。嘉靖三十年（1551），归有光继配王氏去世。

⑧《方山子传》：苏轼作于黄州，方山子是他的好友陈慥。陈慥少时任侠，后折节读书，怀才不遇，晚年隐居于光州、黄州，因其所戴之帽方耸而高，似古代方山冠，故人称之为方山子。

⑨岩处：隐居山中。

【赏读】

文章所写的筠溪翁似乎总蒙着一层淡淡的轻纱，朦朦胧胧的。归有光与筠溪翁并无深交，仅仅是一日突然有人告诉他在居所向北五六里之外的地方，有一老者隐居其间，每日吟诵诗文，未尝出户外。于是归有光便欣然拜访，老者煮茶烹茗，以书相赠。此后归有光与老者就再没有见面，只是时常向朋友打听筠溪翁的消息，多年后知道他还健在，甚至容貌与十余年前所见并无变化，侍婢为其生一子，年纪尚小。走笔至此，归有光突然又把时间拨回到那天他从筠溪翁处归来时，当时天色已晚，寒风凄恻，野草枯黄，但儿子和妻子见到他归来甚是欢喜，备好酒菜，一家人的幸福似乎冲淡了凛冽的寒冷。但一二年间，儿子与妻子相继离世，家庭的幸福被无情地破碎。文章名为写筠溪翁，实则以老翁之长寿映衬归有光家人年寿之不永，以筠溪翁一家的其乐融融反衬归有光家庭的支离破碎，对那天拜访老翁归来后的淡淡着笔才是此文的重点所在。

卷五　铭与杂说

夫莽苍之际，小丘卷石，古树数株，花落水流，令人神思爽然。

书斋铭

斋，故市廛也①，恒市人居之。邻左右，亦惟市人也。前临大衢，衢之行，又市人为多也。挟策而居者，自项脊生始。无何，同志者亦稍稍来集，与项脊生俱。无中庭，以衢为庭。门半开，过者侧立凝视。故与市人为买卖者，熟旧地，目不暇举，信足及门，始觉而去。已乃为藩篱，衷以修扉，用息人影。然耳边声哄然。每至深夜，鼓冬冬，坐者欲睡，行者不止。宁静之趣，得之目而又失之耳也。

项脊生曰："余闻朱文公欲于罗浮山静坐十年②，盖昔之名人高士，其学多得之长山大谷之中，人迹之所不至，以其气清神凝而不乱也。夫莽苍之际，小丘卷石，古树数株，花落水流，令人神思爽然。况天閟地藏③，神区鬼奥邪？其亦不可谓无助也已。然吴中名山，东亘巨海，西浸林屋④、洞庭，类非人世，皆可宿舂游者⑤。今遥望者几年矣，尚不得一至。即今欲稍离市尘，去之寻丈⑥，不可得也。盖君子之学，有不能屑屑于是者矣⑦。"

管宁与华歆读书,户外有乘轩者,歆就视之,宁弗为顾。⑧狄梁公对俗吏⑨,不暇与偶语。此三人者,其亦若今之居也。而宁与歆之辨,又在此而不在彼也。项脊生曰:"书斋可以市廛,市廛亦书斋也。"铭曰:

深山大泽,实产蛇龙。哲人静观,亦宁其宫。余居于喧,市肆纷那。欲逃空虚,地少天多。日出事起,万众憧憧⑩。形声变幻,时时不同。蚊之声雷,蝇之声雨,无微不闻,吾恶吾耳。曷敢怀居⑪,学颜之志⑫。高堂静居,何与吾事!彼美室者,不美厥身。或静于外,不静于心。余兹是惧,惕焉靡宁。左图右书⑬,念念兢兢⑭。人心之精,通于神圣。何必罗浮,能敬斯静。鱼龙万怪,海波自清。火热水濡,深夜亦惊。能识鸢鱼⑮,物物道真。我无公朝⑯,安有市人。是内非外,为道为释。内外两忘,圣贤之极。目之畏尖⑰,荆棘满室。厥恐惴惴,危阶是习⑱。余少好僻,居如处女。见人若惊,嗫不能语。出应世事,有如束缚。所养若斯,形秽心怛。矧伊同胞,举目可恻。藩篱已多,去之何适?皇风既邈,淳风日漓。谁任其责,吾心孔悲。人轻人类,不满一瞬。孰涂之人,而非尧、舜?

【注释】

①市廛:市中店铺。

②朱文公：朱熹（1130~1200），字元晦，又字仲晦，号晦庵，别称紫阳，谥文，世称朱文公。南宋著名的理学家、教育家，闽学派的代表人物，儒学集大成者，世尊称为朱子。罗浮山：位于今广东博罗西北境内东江之滨。相传有山浮海而来，与罗山合为一体，故名罗浮山。

③闷（bì）：掩盖，遮盖。

④浸：同"侵"，连接。林屋：山洞名，在太湖的洞庭西山。

⑤宿春：《庄子·内篇·逍遥游》："适莽苍者三餐而反，腹犹果然；适百里者宿春粮；适千里者三月聚粮。"本指隔夜春米备粮。后以"宿春"指少量的粮食。

⑥寻丈：泛指八尺到一丈之间的长度，指很短的距离。

⑦屑屑：特意、着意貌。

⑧"管宁与华歆读书"四句：事见《世说新语·德行》。管宁（158~241），字幼安，三国时学者。东汉末，避居辽东，从学者甚众，历三十余年方归故里。魏文帝召为太中大夫，明帝征为光禄勋，均固辞不受。华歆（157~231），字子鱼。东汉末，举孝廉，是魏初名臣。魏文帝即位，拜司徒。

⑨狄梁公：狄仁杰（630~700），武则天时期名臣。字怀英，太原（今山西太原西南）人。

⑩憧憧（chōng）：往来不绝貌。

⑪曷敢怀居：语出《论语·宪问》："子曰：士而怀居，不足以为士矣。"意思是士如果留在居所，就不配做士了。

儒家主张积极入仕，心怀天下，如果把个人的安逸生活放在第一位，没有以国家社会为理想和追求，这样的人是不配做士的。曷敢，岂敢。

⑫颜：指颜回（前521~前490），字子渊，孔子的弟子。孔子称赞他"一箪食，一瓢饮，在陋巷。人不堪其忧，回也不改其乐"。

⑬左图右书：亦作"左图右史"，周围都是书，谓嗜书好学。

⑭念念：一个心念接一个心念；每一个心念。兢兢：小心谨慎貌。

⑮鸢鱼：语出《诗经·大雅·旱麓》："鸢飞戾天，鱼跃于渊。"

⑯公朝：古代官吏在朝廷的治事之所，借指朝廷。

⑰目之畏尖：语出《二程遗书》："目畏尖物，此事不得放过，便与克下。室中率置尖物，须以理胜他，尖必不刺人也，何畏之有？"意思是人要坚持对理的信仰，不妄生疑义，那么令人畏惧的东西就不复存在了。

⑱危阶是习：语出《朱子语类》：问："前辈说治惧，室中率置尖物。"曰："那个本不能害人，心下要怎地惧，且习教不如此妄怕。"问："习在危阶上行底，亦此意否？"曰："那个却分明是危，只教习教不怕着。"问："习得不怕，少间到危疑之际，心亦不动否？"曰："是如此。"意思是人经过锻炼和学习可以处危而不乱。危阶，高阶。

【赏读】

铭在古代有两种形式，一种只有铭文，另一种则在铭文前还有一篇散文形式的序记，此文属于第二种。

文章开篇先介绍书斋所处的环境，书斋位于闹市中，其本身就曾是一间店铺，曾经的老顾客还常常信步来此，直到门口才发觉已非商铺了。之后归有光修以藩篱，以为能图得清静，没想到来往人群络绎不绝，耳边声音哄然。总之此地嘈杂不断，作为书斋实在勉强。以此出发，归有光笔墨荡开发为议论，朱熹希望能够去罗浮山静坐十年，名人高士常常在深山幽谷中读书修行，因为那里远离人世的纷扰，使人可以静下心来读书悟道。但这往往是一种理想的状态，很多人想稍稍离开市井都难以做到，更何况至名山幽谷呢？走笔至此，文章开头所言数件喧嚣不利于读书的结论开始反转。归有光以管宁、华歆、狄仁杰为例，表明一个人能否潜心读书与外在的环境关系并不大，与环境的宁静相比更重要的是内心的宁静，只有内心做到了宁静而专注，才能真正悟道。以此看来"书斋可以市廛，市廛亦书斋也"。接下来的铭文是对以上观点的演述，强调对内心世界的锻炼，铭文末尾归有光再次流露出了对其时古风不存的担忧，并表示自己愿意承受挽世风俗的重担。

我们平日读书总想有一个安静、不被打扰的理想环境，但事实上随着年纪的不断增长，与外在世界的各种关系不断被搭建，我们越来越堕入尘网，越来越难以在生活中求得宁静。归有光显然也是如此，文章开头显然是在抱怨，但接下来整篇文章都是对自己起初观念的反驳。我们在这篇文章中仿佛看到自己，明白外在环境难以改变时，更重要的是对自己内心的改变：当内心波澜不惊时，世界自然便会慢下来，归于宁静。

为善居铭

昆山之俗，自昔号为淳朴。叶文庄公尝称①："乡先达自吏部尚书余公熽②，卢兖州熊③，林参政锺④，吕沁州昭⑤，其子佥事旦⑥，朱舍人吉⑦，范御史从文七人者⑧，其孝弟忠诚，足以为乡里表式。后生小子有所惮而不敢为非。"然当文庄公在时，已忧老成雕谢，而典刑之日远矣⑨。况今去文庄之世又远，乡之乱俗者，如苏明允之所谓⑩"其舆马赫奕，婢妾靓丽，足以荡惑里巷之小人；官爵货力，足以摇动府县；矫诈修饰，足以欺罔君子，为乡里之大盗"者，往往而然也。

予幼及见饶州通判陶先生⑪，于文庄公时犹近。其人安贫自足，无营于世，卒穷困以没。尝自为生志曰⑫："曾大父始居昆山，五传至予，更其旧庐。然自宦饶还⑬，岁典衣以供薪粟，卒又易主。僦居三年，始定今居。自正德丁卯乡荐⑭，丁丑除授宁波府学训导⑮，己卯福建同考试官⑯。嘉靖六年丁亥⑰，九载秩满，升饶州府通判。上任甫三月，内含幼子夭折之戚，外受风寒跋涉之劳，病眩气郁，良久而呼吸仅属。累乞致仕，上官抑不以闻。为御史劾，当改调，幸遂归志。乙未秋⑱，得末疾⑲，杜门不出，待终于家。自念居常无骇俗之行，游宦无出众之能，恐没后乞铭于人，少誉之过情⑳，只资识者谈笑。乃备述履历，刻诸圹石㉑。昔汉东平王苍㉒，尝曰'为善最乐'。每爱其言，学而未能也。愧无以遗后人，而不敢不为善，实吾之所遗也。"

予读其辞，真质可爱，信乎其为有德君子耶。先生没后十有四年，子秉端即其室，扁之曰为善居。观其所以能遵其乃考之训，益见先生之所以遗之者厚矣。如明允所谓者，身且未殁，积不善之殃，昭著目前，尚不觉悟，方犹眩耀于乡里之人，不愧先生也哉？铭曰：

玉山之闉㉓，娄江之垠㉔。山明水秀，其民屯屯。自古先哲，抱朴含淳。彼何人斯，汨其彝伦。为夔魍魉，白日见形。自彼小人，骇惑逡巡。流俗奔化，俱为风尘。于车上舞，芬华日陈。维是令门，子孙循循。究其德音，厥考是尊。"为善最乐"，我怀其人。

【注释】

①叶文庄公:叶盛(1420~1474),字与中,昆山人。官至吏部左侍郎。谥文公。

②余公燨(xī):余燨,字茂本,昆山人。少有俊才,从陈潜夫学,洪武年间明经,官至吏部尚书。

③卢兖州熊:卢熊(1331~1380),字公武,昆山人。洪武年间任中书舍人、兖州知府等。

④林参政锺:林锺,华亭(治今上海市松江区)人,明宣德中任昆山训导,入侍经筵,历迁山东参政。

⑤吕沁州昭:吕昭,字克明,昆山人,永乐二年(1404)迁沁州知州。

⑥其子佥事旦:吕旦,吕昭之子,永乐年间进士,官至建昌推官。

⑦朱舍人吉:朱吉,字季宁,昆山人,洪武年间被荐授户科给事中,后以善书改中书舍人,迁翰林侍书,出为湖广按察佥事。

⑧范御史从文:范从文,字复之,昆山人,范仲淹十三世孙。洪武中,以国子生奉使称旨,擢监察御史,改户部总部主事。

⑨典刑:旧法,常规。语出《诗经·大雅·荡》:"虽无老成人,尚有典刑。"

⑩苏明允:苏洵(1009~1066),字明允,眉州眉山

(今属四川)人,苏轼之父。

⑪饶州:今江西鄱阳。陶先生:陶震,昆山人,正德二年(1507)举人,官至饶州通判。

⑫生志:未过世时写的墓志。

⑬宦饶:在饶州做官,指任饶州通判。

⑭正德丁卯:正德二年(1507)。乡荐:应试进士,由州县荐举,称"乡荐"。

⑮丁丑:正德十二年(1517)。训导:明清两代府州县儒学的辅助教职。

⑯己卯:正德十四年(1519)。

⑰嘉靖六年丁亥:1527年。

⑱乙未:嘉靖十四年(1535)。

⑲末疾:四肢的疾患。

⑳过情:超过实际情形。

㉑圹石:墓碑。

㉒汉东平王苍:刘苍(?~83),汉光武帝刘秀之子,封东平王。好经书,明习礼仪,谥宪。

㉓玉山:指昆山。闉(yīn):古代瓮城的门。

㉔娄江:西起苏州娄门,东注浏河。古娄江唐代以后湮废,今娄江原名昆山塘,宋至和二年(1055)疏浚后改名至和塘。明弘治年间改称娄江。

【赏读】

　　此是一篇请托之作，陶震之子陶秉端为其室题曰"为善居"，请归有光为之作文。清代桐城派领袖方苞曾批评归有光应酬之作太多，袭常缀琐，难以免俗。此文虽亦是应酬，但却"远于俗言"，堪称佳构。文章贯穿着对现实世风日下、人心不古的不满与批判，开篇即引叶盛之语，历数乡之贤达七人，其孝悌之义为昆山表率。可当下去古之远，乡里淳朴敦厚之风已经不再。走笔至此方忆及陶震，归有光年幼时有幸见到，陶先生安贫自足，无所营求，最终困顿而终。此后引用大段陶震自撰墓志铭，讲述其生平潦倒，他说自己没有给后代留下什么财产，但终身信奉刘苍"为善最乐"之语，并身体力行，这是他留给后人最大的财产。

　　这篇"文中文"占了大量的篇幅，归有光行文也以此为轴心展开论述。之后讲到陶秉端在父亲去世十四年后以"为善"命名自己的居室，真正继承了父亲留下的财富。全文未直接对现实风气大肆抨击，但分明流露出对其时风气的不满，"如明允所谓者，身且未殁，积不善之殃，昭著目前，尚不觉悟，方犹眩耀于乡里之人，不愧先生也哉？"可归有光没有绝望，他希望人们可以向古之贤达学习，继承淳朴仁义的品性。

张雄字说

张雄既冠,请字于余。余辱为宾,不可以辞,则字之曰子谿(溪)。

闻之老子云:"知其雄,守其雌,为天下溪[①]","常德不离,复归于婴儿[②]"。此言人有胜人之德,而操之以不敢胜人之心。德处天下之上,而礼居天下之下,若溪之能受而水归之也。不失其常德而复归于婴儿,人己之胜心不生,则致柔之极矣。

人居天地之间,其才智稍异于人,常有加于愚不肖之心[③]。其才智弥大,其加弥甚。故愚不肖常至于不胜而求反之。天下之争,始于愚不肖之不胜。是以古之君子,有高天下之才智,而退然不敢以有所加[④],而天下卒莫之胜,则其致柔之极也。然则雄必能守其雌,是谓天下之溪,不能守雌,不能为天下溪,不足以称雄于天下。

【注释】

①"知其雄"三句:语出《老子》第二十八章。"雄"譬喻刚动、躁进。"雌"譬喻柔静、谦下。

②"常德不离"二句:语出《老子》第二十八章。常德,谓始终不变的品德。

③愚:愚蠢,愚昧。不肖:不成材,不正派。

④退然:谦卑,恬退。

【赏读】

古人有名有字。出生不久之后由父亲命名,长大成人之后请德高望重者另起表字。名与字的意义,一般是互有关联的。"字说",就是对所取的"字"含义的解释和议论。归有光从张雄名字中的这一"雄"字入手,联系到《老子》第二十八章这一经典章节,讨论"雄"字背后的深刻内涵。

"知其雄,守其雌,为天下溪。为天下溪,常德不离,复归于婴儿。"如上注释中所言,"雄"代表的是刚动、躁进,而"雌"代表的是柔静、谦下,所以整句话的意思便是,了解自身的雄强,却默守雌静,成为容纳天下的溪流,如此则常德不会失去,从而回到老子所一直倡导的如同婴儿的状态。用归有光的话来说,就是自己的德行处在天下人之上,但是行为上把自己置于天下人之下,有一颗谦卑之心,就像是一条能够汇聚八方流水的溪流。不失去常德,而归复于一种婴儿的状态,胜人之心不生,那么如同水一般则是至柔的境界。

  生于归有光之前的明代文学家方孝孺在《复郑好义书》中有言:"所贵乎君子者以能兼容并蓄,使才智者有以自见,而愚不肖者有以自全。"或可与此文相互照应,人生于世,不能因为自己才智过人而生出愚昧不肖之心,更应该懂得谦卑,如同溪谷一般,处下不争、谦下涵容,才能做到知雄守雌,足以称雄于天下。

守耕说

嘉定唐虔伯,与予一再晤,然心独慕爱其为人。吾友潘子实、李浩卿,皆虔伯之友也。二君数为予言虔伯,予因二君盖知虔伯也。虔伯之舅曰沈翁①,以诚长者见称乡里。力耕六十年矣。未有子,得虔伯为其女夫。予因虔伯盖知翁也。翁名其居之室曰守耕。虔伯因二君,使予为说。

予曰:耕稼之事,古之大圣大贤当其未遇,不惮躬为之。至孔子,乃不复以此教人。盖尝拒樊迟之请②,而又曰:"耕也,馁在其中矣。"③谓孔子不耕乎?而钓,而弋,而猎较④,则孔子未尝不耕也。孔子以为如适其时,不惮躬为之矣。

然可以为君子之时,而不可以为君子之学。君子之学,不耕将以治其耕者。故耕者得常事于耕,而不耕者亦无害于不耕。夫其不耕,非晏然逸己而已也⑤。今天下之事,举归于名,独耕者其实存耳,其余皆晏然逸己而已也。志乎古者,为耕者之实耶?为不耕者之名耶?作守耕说。

【注释】

①舅:古人称妻之父。

②樊迟:春秋末齐国人。一名须,字子迟。孔子学生。《论语·子路》记载他向孔子"问稼""问圃",孔子答以"吾不如老农","吾不如老圃",并感叹道:"小人哉!樊须也。"

③"耕也"二句:语出《论语·卫灵公》:"子曰:'君子谋道不谋食。耕也,馁在其中矣;学也,禄在其中矣。君子忧道不忧贫。'"馁(něi),饥饿。

④而钓,而弋:典出《论语·述而》:"子钓而不纲,弋不射宿。"意即:孔子钓鱼,不用大绳横断流水来取鱼;用带生丝的箭射鸟,不射归巢的鸟。弋(yì),用带绳子的箭射鸟。而猎较:典出《孟子·万章下》:"孔子之仕于鲁也,鲁人猎较,孔子亦猎较。"赵岐注:"猎较者,田猎相较夺禽兽,得之以祭,时俗所尚,以为吉祥。孔子不违而从之,所以小同于世也。"猎较,争夺猎物。

⑤晏然:安适,安闲。

【赏读】

归有光通过友人潘子实、李浩卿与唐虞伯相知。唐虞伯的岳父沈翁在家乡耕种六十余年,并为自己的居室取了"守耕"这一颇具儒家色彩的雅名。虞伯通过潘、李二人请归有光为之撰文成说,归有光即从儒家的角度写了这篇文章。

《孟子·告子下》有言:"舜发于畎亩之中,傅说举于版筑之间,胶鬲举于鱼盐之中,管夷吾举于士,孙叔敖举于海,百里奚举于市。"古来贤者大夫,当他们怀才不遇之时,是不怕做类似耕稼一类的事情的。

但是在孔子那里是不谈耕稼之事的,在《论语·子路》篇中,有这么一个经典的"樊迟请学稼"的典故,可见出孔子对于稼穑之事的态度。孔子强调统治者要讲求礼节、行为正当、诚实守信,这样四方百姓都会来投奔,没必要自己种庄稼。

然而是不是说孔子就彻底排斥农耕之事呢?归有光认为,孔子未尝不耕作,只是认为君子在特定的时候,是不畏惧做这些事情的,但是当然这并非贤人的本职,他们终身所追求的是道,并身体力行之,正所谓"君子忧道不忧贫",便是此番道理。

那么回到文章当中,归有光正是从这一典故延伸开去,谈到当今之事,社会多崇尚浮名,而只有耕者还存留其实,是令人尊敬的,居室名为守耕,正与此相契合,守住耕种之事,其实也是坚持内心的实在与澄明。

怀竹说

夏太常风流雅韵,寄于楮墨间①,意之所至,挥洒所及,有不自知。虽为好事者所珍袭,然不足以为太常重。盖太常非命于竹者也,适也。而其子孙怀之者,非囿于竹者也,情也。君子之于其先,虽涕唾遗物,莫不可珍,而凄怆惕怵②,有不能自已者。

然予有进于是焉。子孙之身,即祖宗之身也。竹犹怀之,而况其身乎?凡人作事无法,浪言苟行,此心漫然,任其所之,皆由于无所怀之故。知所怀也,则竦息顾虑③,择地而蹈④,将不能以一日自安,况曰吾祖宗之身乎?被发跣祖而号于市⑤,人谓之狂。俄而缨冠振履⑥,揖让进退,人即以为儒者。在乎怀与不怀之间也。为太常子孙者,必慎而言,顾而行,深自贵籍⑦,若持重宝焉,惟恐失之,斯善怀矣。苟徒出于一时感动,俄而忘之,注意于残楮败墨间,而失其所以重,非君子所谓孝思也。

予祖母,实太常之孙女。玄孙焕⑧,与予为表弟,以怀竹自命。予故勖之如此云。

【注释】

①楮（chǔ）墨：纸与墨。借指诗文或书画。这里指画竹。《明史》："昆山夏昶者，亦善画竹石。亚于（王）绂。画竹一枝，直白金一锭，然人多以馈遗得之。"

②凄怆：悲伤凄惨。惕（tì）：戒惧，小心谨慎。怵（chù）：恐惧。

③竦（sǒng）息：谓因恐惧而屏息。

④择地而蹈：选择地方行走。形容做事小心谨慎。

⑤被发：谓发不束而披散。跣（xiǎn）：光着脚，不穿鞋袜。袒（tǎn）：脱去上衣，露出身体的一部分。

⑥缨冠：用帽带缠住头发，形容匆忙不及整束。《孟子·离娄下》："今有同室之人斗者，救之，虽被发缨冠而救之，可也。"后以"缨冠"形容急迫或急切地救助他人。振履：曳履作声。汉郑崇在哀帝时为尚书仆射，常求见哀帝进行规谏，他去时曳革履，人还没有到，哀帝就笑着说："我识郑尚书履声。"

⑦贵籍：矜持贵重，含忍不露。籍，通"藉"。

⑧玄孙焕：即夏焕，字章甫，号怀竹，为归有光祖母的从孙，归有光的表弟。

【赏读】

《怀竹说》与前选篇目《夏怀竹字说序》虽都为怀竹之说，但二者侧重点各不相同，前者侧重于先人夏太常，而后者则侧重于太常之玄孙夏焕本人。文中所谓"以怀竹自命"，即以"怀竹"为号，其意在承祖先之风，不坠家声。归有光为此作《怀竹说》，进一步提出"慎而言，顾而行"的重要性，体现了传统儒家慎终追远的思想。

在《夏怀竹字说序》一文中，归有光记叙夏焕："章甫为人滑稽，与伶人伍，衣裳偏倚，步履邪施，忽去忽来，见者咸轻之。"可见夏焕不是一位兢兢业业遵守儒家传统的读书人，行为举止多有放浪之处。而本文即是针对此而发，归有光于行文中语言委婉，"竹犹怀之，而况其身乎"，借由先祖德行来对夏焕进行劝诫，层层递进，具有很强的说服力。

"怀"与"不怀"存乎人心，人是否有一颗敬畏自重之心，是明辨一个人究竟是狂人还是儒者的重要依据。心无所怀之人，往往行事肆无忌惮，任意妄为；而心有所怀之人，往往心存敬畏，竦息顾虑，因而持重自守，人皆以为儒者。所以可以看到一个人心有无所怀所表现出来的差距是非常大的。

落实到这篇文章当中,夏焕作为夏太常的子孙,归有光对其进行了深刻的劝勉,告诫其应当时刻明白"子孙之身,即祖宗之身也",因而行为举止不可放荡,慎言谨行,深自贵籍才是对于先辈的孝道。

　　殷殷劝勉之情贯穿全文,既是归有光对于同族子弟的关爱,同时也是对族中先辈的敬重。

庄氏二子字说

庄氏有二子,其伯曰文美,予字之曰德实;其仲曰文华,予字之曰德诚。且告之曰:文太美则饰,太华则浮。浮饰相与,敝之极也,今之时则然矣。夫智而用私,不如愚而用公。巧不如拙,辨不如讷,富不如贫,贵不如贱。①欲文之美,莫若德之实;欲文之华,莫若德之诚;以文为文,莫若以质为文②。质之所为生文者无尽也。一日节缩,十日而赢。衣不鲜好,可以常服;食不甘珍,可以常飧。故曰:"贲无色也③。"贲为无色,非无色而后贲也。

吴在东南隅,古之僻壤。泰伯、仲雍之至也④,予始怪之,而后知圣人之用心也。彼以圣贤之德,神明之胄⑤,目睹中原文物之盛⑥,秘而弗施⑦,乃和于俗⑧。若入裸国而顾解其衣⑨,以其民含朴,而不可以漓之也⑩。洎通上国⑪,始失其故,奔溃放逸,莫之能止。文愈胜,伪愈滋,俗愈漓矣。

闻之长老言,洪武间,民不粱肉⑫,闾阎无文采⑬,女至笄而不饰⑭,市不居异货,宴客者不兼味⑮,室无高垣,茅舍邻比,强不暴弱。不及二百年,其存者有几也?予少之时所闻所见,今又不知其几变也!大抵始于城市,而后及于郊外;始于衣冠之家,而后及于城市。人之有欲,何所底止?相夸相胜,莫知其已。负贩之徒,道而遇华衣者,则目睕视,啧啧叹不已。东邻之子食美食,西邻之子,从其母而啼。婚姻聘好,酒食晏召,送往迎来,不问家之有无。曰:吾惧为人笑也。文之敝至于是乎?非独吾吴,天下犹是也。

庄氏居吾里中,独以朴素自好。务本力业⑯,供役于县,为王家良民。德实自树立门户,而德诚赘王氏,皆以敦厚为人所信爱。此殆流风末俗所浸灌而未及者⑰。其可不深自爱惜,以即其所谓实,而勿事于饰;求其所谓诚,而勿事于浮!礼失而求之野⑱,吾犹有望也。

【注释】

①"巧不如拙"四句:典出《老子》第四十五章:"大直若屈,大巧若拙,大辩若讷。"意即:最正直的东西好像是弯曲一样,最灵巧的东西好像是笨拙一样,最卓越的辩才好像是口讷一样。辨,通"辩",能言善辩。讷(nè),语言迟钝。

②"以文为文"二句：典出《论语·雍也》："子曰：质胜文则野，文胜质则史。文质彬彬，然后君子。"质，代表内容的本质，与代表文采的"文"相对。

③贲（bì）无色也：语出《周易》。贲卦谓饰以朴素自然为美，故称"无色"。《周易·序卦传》有言："贲者，饰也。致饰然后亨则尽矣。"意即："贲"是文饰的意思，过分致力于文饰然后亨通的路途就穷尽了。贲，文饰，装饰得很好。

④泰伯：周太王长子，有弟仲雍、季历。泰伯为周代吴国的始祖。仲雍：周太王的次子，泰伯之弟。泰伯卒，无子，仲雍继立为君，亦称为"虞仲"。

⑤神明之胄：神明的后裔。传说有邰氏女姜嫄在郊野践巨人足迹怀孕生下稷，成为周人的始祖。见《史记·周本纪》。胄（zhòu），帝王或贵族的子孙。

⑥文物：指礼乐制度。古代用文物明贵贱、制等级。

⑦秘而弗施：指中原文化秘而不宣，不在荆蛮地区传播。

⑧和于俗：即入乡随俗，接受了当地的风俗习惯。《史记·吴太伯世家》："太王欲立季历以及昌，于是太伯、仲雍二人乃奔荆蛮，文身断发，示不可用，以避季历。"

⑨裸国：传说中的古国名。或说在西方，或说在南方。其民皆不穿衣，故称。

⑩漓：浅薄，浇薄。

⑪洎(jì):及,到达。上国:春秋时称中原各诸侯国为上国,与吴楚诸国相对而言。

⑫粱肉:以粱为饭,以肉为肴。指精美的膳食。

⑬闾阎(lǘ yán):里巷内外的门。借指平民。

⑭女至笄(jī):女子到了成年的岁数。《礼记·内则》:"(女子)十有五年而笄。"郑玄注:"谓应年许嫁者。女子许嫁,笄而字之,其未许嫁,二十则笄。"笄,古代特指女子十五岁可以盘发插笄的年龄,即成年。

⑮兼味:两种以上的菜肴。

⑯务本力业:辛勤地从事农业劳作。古人以务农为本,以经商为末。

⑰流风:前代流传下来的风气,多指好的风气。末俗:谓末世的习俗,低下的习俗。

⑱礼失而求之野:指庙堂失礼就到民间去寻求。语出《汉书·艺文志》:"仲尼有言:'礼失而求诸野。'方今去圣久远,道术缺废,无所更索,彼九家者,不犹愈于野乎!"

【赏读】

文质作为中国传统文论的基本概念和术语,最早见于《论语·雍也》:"子曰:质胜文则野,文胜质则史。文质彬彬,然后君子。"孔子以文质来说明人的外在言谈举止和内在涵养,并认为一个人只有二者相统一才能够称为君子。魏晋之际,文质被运用到文论当中,多用以指代文章的华美与质朴,并在此基础上形成了"尚文"和"尚质"的对立观点。

归有光为庄氏二子取字之由即出自于此,由名中的"文美""文华"推及"德实""德诚",前者指向外在,而后者则直指内心德行。华美之文,不如德行之诚实。过于华美,就会流于浮夸;要使华美适中,就必须有诚实之德行做保证。这体现了归有光深刻的儒家文质观。进而归有光又将这一观点应用到现实社会中,吴地风俗由含朴转放逸的过程,原本的吴地百姓朴素、强不暴弱,处在一种极为淳朴的状态,然而不及两百年,这样的风气也不复存在了,人们开始崇尚华衣美食而逐渐忘记了原本的朴真。归有光谈道,这不仅仅是吴地一方的情况,当时社会亦然,越是注重外在的形式,虚伪之风气就会越滋生蔓延开来。

"以文为文,莫若以质为文",归有光认为于人于文,"质"都须放在根本位置,只有把握住了内在的德行,才能成为源头活水,成为文不绝的动力。在这样的浮华之世,庄氏仍能以朴素自好,以德实自立,敦厚自重,实在令人敬仰。

二子字说

予昔游吴郡之西山。西山并太湖，其山曰光福，而仲子生于家，故以福孙名之。其后三年，季子生于安亭，而予在昆山之宣化里，故名曰安孙。

于是福孙且冠娶，予因《尔雅》之义①，字福孙以子祜，字安孙以子宁。念昔与其母共处颠危困厄之中②，室家欢聚之日盖少，非有昔人之勤劳天下，而弗能子其子也。以是志之，盖出于其母之意云。今母亡久矣，二子能不自伤，而思所以立身行道，求无愧于所生哉？

抑此偶与古之羊叔子、管幼安之名同③。二公生于晋、魏之世，高风大节，邈不可及。使孔子称之，亦必为夷惠之俦④。夫士期以自修其身，至于富贵，非所能必。幼安之隐，叔子之仕，予难以拟其后。若其渊雅高尚，以道素自居⑤，则士诚不可一日而无此。不然，要为流俗之人，苟得爵禄功名显于世，亦鄙夫也。

【注释】

①《尔雅》：书名。我国最早解释词义的专著。由汉初学者缀辑周、汉诸书旧文，递相增益而成，为考证词义和古代名物的重要资料。

②颠危：颠困艰危。困厄：困苦危难。

③羊叔子：即羊祜（221~278），字叔子，泰山南城（今山东平邑南）人。武帝时镇襄阳，绥怀远近，甚得江汉人心，与陆抗对境，务修德以怀吴人，后病卒，南州民为之立碑岘山，望其碑者皆流泪，时称为"堕泪碑"。管幼安：即管宁。

④夷惠：伯夷、柳下惠的并称，古代廉正之士。俦（chóu）：同类，同辈。

⑤道素：指纯朴的德行。

【赏读】

《论语·述而》有言："子曰：'饭疏食饮水，曲肱而枕之，乐亦在其中矣。不义而富且贵，于我如浮云。'"自孔子以来，这种朴素自得的精神就深深扎根于儒生心中，亦如归有光在本文中所言，"夫士期以自修其身，至于富贵，非所能必"。可以看到，于士人而言，他们最关心同时也是最为重视的就是修身，注重内心的道德修养，以道素自居，士人一日不可无此。

本篇是归有光为两个儿子取字所作的文章，说明他们名、字的由来及表达自己的劝勉之意，其对儿子的期待与爱意渗透于字里行间。名，古人出生时候由父亲来命名，所以归有光在这里便以自己游历之地的地名来给儿子取名，是比较具有纪念意义的。而字是孩子成年时所取，所以归有光又从《尔雅》中取"祜""宁"二字，既是怀念二子之母，也寄寓对二子前程的祝福。巧的是正好与古代贤人羊祜、管宁同名，更是一种对儿子的鼓励与劝勉。

作为父亲的归有光，希望将自己一以贯之的"渊雅高尚""道素自居"的品性传承下去，不要被流俗所裹挟，否则亦如孔子所言，"不义而富且贵"，则都是过眼烟云。

言解

言恶乎宜①?曰:宜于用,不宜于无用。言之接物,与喜怒哀乐均也。当乎所接之物,是言之道也。终日而谈鬼,人谓之无用矣,以其不切于己也;终日而谈道,人谓之有用矣,以其切于己也。夫以切于己而终日谈之,而不当于所接之物,则与谈鬼者何异?

孔子曰:"庸言之谨。"②非谓谨其所不可言,虽可言而谨耳。道之在人,若耳目口鼻。见之者不问,有之者不言。使人终日而言吾耳若何,吾目若何,吾口与鼻若何,则人以为狂谬矣。实有耳目口鼻者,不待言也。饥者言食,而饱者不言;寒者言衣,而暖者不言。

昔者宰我、子贡习闻夫子之教③,而能为仿佛近似之论,其言非不依于道,而当时拟之以为言语之科④。夫学者之学,舍德行而有言语之名,为宰我、子贡者,亦可耻矣。

曾子曰"唯"⑤,颜子"如愚"⑥,二子不为无实之言⑦，而卒以至于圣人之道。孔子曰："予欲无言。"⑧圣人之重言也如是。圣人非以言为重者也。四时行，百物生，⑨圣人之道也。

【注释】

①恶（wū）乎：亦作"恶呼"，疑问代词，犹言何所。

②庸言之谨：语出《礼记·中庸》："庸德之行，庸言之谨；有所不足，不敢不勉，有余不敢尽。"庸言，平常的言语。

③宰我：即宰予（前522~前458），姬姓，宰氏，字子我。春秋时鲁国人。孔子弟子，长于言语。曾仕齐国为临淄大夫。对孔子坚持主张三年之丧有异议，被斥为"不仁"。子贡：即端木赐。春秋时卫国人，名赐，字子贡。孔子弟子，善辞令，列言语科。

④言语：善于辞令，亦指善于辞令者。

⑤曾子：春秋末鲁国南武城人，名参，字子舆。以孝行见称，主张"慎终追远，民德归厚"。提出"吾日三省吾身"修养方法。相传著《大学》，并传其学于子思。子思门人以之传于孟子。后世尊为"宗圣"。

⑥颜子：即颜回。

⑦无实之言：没有实际内容的话。

⑧予欲无言：语出《论语·阳货》："子曰：'予欲无言。'子贡曰：'子如不言，则小子何述焉？'"

⑨"四时行"二句：典出《论语·阳货》："子曰：'天何言哉？四时行焉，百物生焉，天何言哉？'"

【赏读】

言语怎么样才是适宜的，归有光在本文开篇即提出了这样的问题作为全文的统领，并解释说"宜于用，不宜于无用"，指向言语应当宜于有用，有实在价值意义。这样设问的手法应用在文章开篇能够很好地起到点明主旨、统摄全篇的作用，可谓是绝妙的开头。

那么紧接着归有光认为什么是有用的呢？大抵可以从两个方面进行理解：一则"接物"。接物就是要联系客观实际，并"与喜怒哀乐均也"，是为共情，只有与所接之物相当或适宜，才是言语之道。二则"切己"。切己就是要结合自身，终日谈论鬼神之事，人们说这是无用的言语，因为事不关己；而人们终日谈道，即谓之有用，因为道深切于自己，是人之根本。进而言之，"接物"与"切己"两者又是密不可分的，唯有两者相应，才是真正的言语之道。

接着归有光论述了何为言语之"谨"。言语之谨不在于对所不可说之事保持谨慎，更在于事情可说但仍然持有审慎的态度。耳目口鼻，人人皆有，但如果能做到"见之者不问，有之者不言"，则可称之为"谨"。反之，如若整日流于耳目口鼻若何，则不免沦于狂谬。

为了说明要说有用的话，归有光在此又运用对比的手法，举出了孔子的四位弟子之言行来进行比较说明。宰我、子贡听闻孔子教导并且能够说出近似于孔子的言论，然而却"舍德行而有言语之名"，则就背离了真正的言语之道。反观曾子、颜子二人，"不为无实之言"，意即不说没有实际内容的话，最终达到圣人之道。两相对比，不难发现归有光所持之论与正统儒家思想是一致的。

解惑

嘉靖己未①,会闱事毕②,予至是凡七试,复不第。或言:翰林诸学士素怜之③,方入试,欲得之甚,索卷不得,皆缺然失望④。盖卷格于帘外⑤,不入也。或又言:君名在天下,虽岭海穷徼⑥,语及君,莫不敛衽⑦。独其乡人必加诋毁,自未入试,已有毁之者矣;既不第,帘外之人又摘其文毁之。闻者皆为之不平。

予曰:不然。有举之而吾得焉,是举之者胜也,而挤之者不胜也;有挤之而吾失焉,是挤之者胜也,而举之者不胜也;有誉之而吾得焉,是誉之者是也,而毁之者非也;有毁之而吾失焉,是毁之者是也,誉之者非也。彼其人若非且不胜矣,而又何足与辨乎?彼其人既是且胜矣,而又何可与较乎?夫莫之为而为者,天也;莫之致而至者,命也。⑧人不得而举与挤也,不得而誉与毁也,是有天命焉。实未尝举也,未尝挤也,未尝誉也,未尝毁也。

昔年张文隐公为学士主考⑨。是时内江赵孟静考易房⑩,赵又为公门生,相戒欲得予甚,而不得。后文隐公自内阁复出主考⑪,属吏部主事长洲章楑实云⑫:"君为其乡人,必能识其文。"而章亦自诡必得⑬,然又不得。当是时,帘外谁挤之耶?子路被诉于公伯寮⑭。孔子曰:"道之将行也与,命也;道之将废也与,命也。"⑮孟子沮于臧仓⑯,而曰:"吾之不遇鲁侯,天也。"⑰故曰有天命焉。

晋乐广尝与客饮酒⑱,客见杯中有蛇,恶之,归而疾作。时河南听事壁上有画漆角弓⑲,作蛇形,广以杯中蛇即角影也,复置酒,问客所见如前。广因告所以,而客疾遂愈。今或者之言,皆杯中之蛇类也⑳。作解惑。

【注释】

①嘉靖己未:即嘉靖三十八年,公元1559年,归有光应礼部试下第南还,有光至是凡七试,不第。

②会闱(wéi):指会试。明代科举制度,每三年会集各省举人于京城考试,中试者即称贡士,再经殿试,方能取得进士的资格。

③翰林:即翰林院,在明代掌著作、修史、图书等事务,为外朝官署。其官员一般皆称翰林学士,常充任会试主考官。

④缺然：意有未足的样子。

⑤帘外：科举考试时，负责监试之官员。明代科举考试的考官分内帘官与外帘官。在外提调、监试等谓之外帘官；在内主考、同考谓之内帘官。格于帘外，即归有光的会试考卷未被推荐给内帘官。

⑥穷徼（jiào）：荒远的边境。

⑦敛衽（rèn）：整饬衣襟，表示恭敬。

⑧"夫莫之为而为者"四句：语出《孟子·万章上》。意即：没有人叫他们这样做，而竟然这样做了，便是天意；没有人叫他来，而竟这样来了的，便是命运。

⑨张文隐公：即张治（1488~1550），明湖广茶陵（今属湖南）人，字文邦，号龙湖。官至南京吏部尚书，入为文渊阁大学士，进太子太保。对人态度平易，喜奖掖士类。有《龙湖文集》。学士主考：指以翰林学士的身份担任会试主考官。

⑩赵孟静：即赵贞吉（1508~1576），内江（今属四川）人，字孟静，号大洲。以博洽闻，最善王守仁学。文章雄快。嘉靖十四年（1535）进士，授编修。迁国子司业。卒谥文肃。有《文肃集》。考易房：指担任《易经》试卷审阅的同考官。明代会试，十八名同考官分房批阅五经试卷，称"十八房"。归有光习《易经》，故以《易经》应试。

⑪内阁：明清两代政务机构。明初为加强专制统治，废宰相，于洪武十五年（1382），仿照宋制，置诸殿阁大学士，

协助皇帝办理政务。

⑫章楱实：即章焕，明苏州府长洲人，字扬华，一字楱实。

⑬自诡：责成自己。

⑭子路被诉于公伯寮：典出《论语·宪问》："公伯寮诉子路于季孙。子服景伯以告，曰：'夫子固有惑志于公伯寮，吾力犹能肆诸市朝。'"公伯寮，春秋时鲁国人，字子周，孔子弟子。曾在季孙前毁谤子路，鲁大夫子服景伯以告孔子。

⑮"孔子曰"句：语出《论语·宪问》。

⑯沮：阻止，阻遏。臧仓：战国时鲁国人，鲁平公宠臣。平公欲见孟子，臧仓诬言孟子非贤者，阻平公之行。后因以臧仓指进谗害贤的小人。典出《孟子·梁惠王下》。

⑰"吾之不遇鲁侯"二句：语出《孟子·梁惠王下》："（孟子）曰：'行，或使之；止，或尼之。行止，非人所能也。吾之不遇鲁侯，天也。臧氏之子，焉能使予不遇哉？'"

⑱乐广：三国魏末西晋初南阳淯阳（今属河南南阳）人，字彦辅。善清言，少为魏征西将军夏侯玄所叹美。尚名教，时风放诞，广颇非之，而论人必先称其所长。

⑲听事：厅堂。官府治事之所。后亦指私宅大厅。

⑳杯中之蛇：典出《晋书·乐广传》："尝有亲客，久阔不复来，广问其故，答曰：'前在坐，蒙赐酒，方欲饮，见杯中有蛇，意甚恶之，既饮而疾。'于时河南听事壁上有角，

漆画作蛇，广意杯中蛇即角影也。复置酒于前处，谓客曰：'酒中复有所见不？'答曰：'所见如初。'广乃告其所以，客豁然意解，沉疴顿愈。"

【赏读】

至嘉靖三十八年，归有光已经是第七次落第，其失落之心情溢于言表，雪上加霜的是各式流言蜂起，故而本文名为"解惑"，既是解旁人之揣测，同时更为重要的，也是对自我的一种宽慰吧。

面对此次考场失利，有人说是翰林院诸位学士有意录取归有光，但试卷却被拦在了帘外而不得入；有的人作宽慰之语，说归有光已经天下扬名，士人学子莫不表示恭敬。唯有归有光同乡之人对其诋毁不断，归有光未入试时便有诋毁之语，在其落第之后，更是有人落井下石，摘录其文段来诋毁归有光，实在是令人愤愤。

不过归有光并不是一个言行激烈的人，他对于此事借用了孟子的"天命观"来作委婉的回应。《孟子·万章上》有言："夫莫之为而为者，天也；莫之致而至者，命也。"意即没有人叫他们这样做，而竟然这样做了，便是天意；没有人叫他来，而竟这样来了的，便是命运。所以归有光将之归咎于天命，"人不得而举与挤也，不得而誉与毁也"，其中透露的多少是一种无可奈何之情。

归有光入试过程中两次重要的机会都遭遇不顺，一次是张治作为主考，其门生赵贞吉作为归有光所考《易经》试卷审阅的同考官，而张治又有求取归有光之心，照理说应当水到渠成，奈何不得。而后张治再次主考，嘱托归有光同乡对其多加照顾，然又不得。两件事情不免令人揣测怀疑，但归有光也只能认命而无可奈何。所以本文第三段才有"子路被诉于公伯寮"和"孟子沮于臧仓"两段故实的引入，这大抵都是命吧！

面对这重重的流言蜚语与质疑诋毁，何以作结，何以支撑自己继续前行？在归有光看来，或许一切不过是杯弓蛇影罢了。

瓯喻①

人有置瓯道旁，倾侧堕地。瓯已败，其人方去之。适有持瓯者过，其人亟拘执之，曰："尔何故败我瓯？"因夺其瓯，而以败瓯与之。市人多右先败瓯者②。持瓯者竟不能直而去。噫！败瓯者向不见人，则去矣；持瓯者不幸值之，乃以其全瓯易其不全瓯，以其不全瓯易其全瓯。事之变如此，而彼市人亦失其本心也哉③！

【注释】

①瓯（ōu）：小盆，杯。

②市人：指集市或城中街道上的人。右：古同"佑"，帮助，偏袒。

③失其本心：语出《孟子·告子上》："乡为身死而不受，今为宫室之美为之；乡为身死而不受，今为妻妾之奉为之；乡为身死而不受，今为所识穷乏者得我而为之：是亦不可以已乎！此之谓失其本心。"

【赏读】

这是一则言语简单而内涵深刻的寓言故事,全文以"瓯"来作为叙事主题,围绕着败瓯者与持瓯者二者的处境变易来深刻反映这个世界上的诸多人事变化和叵测人心。

孟子认为"本心"人尽有之,非为贤者所独有,只不过贤者能够保持而不丧失。按照孟子的说法,"本心"即为:"生亦我所欲,所欲有甚于生者,故不为苟得也。死亦我所恶,所恶有甚于死者,故患有所不辟也。"可以看到,怀有本心之人能够将生死置之度外而一以贯之。那么何为"失其本心",《孟子·告子上》中对这几种情况作了列举,所谓"宫室之美""妻妾之奉""所识穷乏者得我",这些来自外部世界的欲望与诱惑,使人迷了心智,失去本心,这是孟子所批驳的。

回到本文,归有光作为一个有着深厚儒家文化修养的文人,对于明中叶以后社会风气的江河日下深恶痛绝,他的这篇《瓯喻》正是对于现实社会的一种抗议,尽管这一抗议是含蓄而且无力的。

性不移说

人之性有本恶者①,荀子之论②,特一偏耳,未可尽非也。小人于事之可以为善者,亦必不肯为;于可以从厚者,亦必出于薄。故凡与人处,无非害人之事。如虎豹毒蛇,必噬必螫③,实其性然耳。孔子曰:"唯上智与下愚不移。"④圣人之言,万世无弊者也。《易》曰:"小人革面。"⑤小人仅可使之革面,已为道化之极⑥。若欲使之豹变⑦,尧、舜亦不能也。

【注释】

①人之性有本恶者:典出《荀子·性恶》:"人之性恶,其善者伪也。"

②荀子:名况,赵国人,战国末思想家、教育家,时人尊而号为"卿"。提倡性恶论,主张人性有恶,否认天赋的道德观念,强调后天环境和教育对人的影响。

③噬(shì):咬,吞。螫(shì):毒虫或毒蛇咬刺。

④唯上智与下愚不移:语出《论语·阳货》:"子曰:

'唯上知与下愚不移。'"意即只有上等的智者和下等的愚人是改变不了的。

⑤小人革面:语出《周易·革卦》:"上六,君子豹变,小人革面;征凶,居贞吉。《象》曰:'君子豹变',其文蔚也;'小人革面',顺以从君也。"孔颖达疏:"上六居'革'之终,变道已成,君子处之,虽不能同九五革命创制,如虎文之彪炳,然亦润色鸿业,如豹文之蔚缛。"革面,犹言改变倾向。面,朝向。

⑥道化:道德风化。

⑦豹变:谓如豹纹那样发生显著的变化。幼豹长大退毛,然后疏朗焕散,其毛光泽有文采。典出《周易·革卦》:"《象》曰:'君子豹变',其文蔚也。"

【赏读】

本篇是归有光针对荀子性恶论的接续探讨,荀子认为人性有恶,这是天生的,归有光以为这一主张虽然有失偏颇但并不可完全否定。例如小人便是如此,小人对待事情,本可以是成善事的却不做,能够尽心尽力忠厚去做的,却总是做得轻薄。归有光在文中运用了一个比喻来说明这类人的心性,他们就好比虎豹和毒蛇,他们一定会撕咬猎物,这是天性使然不可改变。《论语·阳货》有言:"唯上知与下愚不移",这是有一定道理的,小人之心性,虽能革其面,但其本性却是圣人都无法转移的。